谁的年少不疯狂

万亿 张佳羽 吴佳宁 余明静
刘佳昱 周欣吾桐 陈盈颖 张梦佳 /等著

中央编译出版社
Central Compilation & Translation Press

图书在版编目（CIP）数据

谁的年少不疯狂 / 万亿等著.
—北京：中央编译出版社，2015.3
（校园文摘系列丛书 / 万亿主编）
ISBN 978-7-5117-2355-0

Ⅰ.①谁… Ⅱ.①万… Ⅲ.①作文 - 中学 - 选集
Ⅳ.① H194.5

中国版本图书馆 CIP 数据核字（2014）第 234051 号

谁的年少不疯狂

出 版 人	刘明清
出版统筹	董　巍
责任编辑	邓永标
责任印制	尹　珺
出版发行	中央编译出版社
地　　址	北京市西城区车公庄大街乙 5 号鸿儒大厦 B 座（100044）
电　　话	（010）52612345（总编室）　（010）52612371（编辑室）
	（010）52612316（发行部）　（010）52612317（网络销售）
	（010）52612346（馆配部）　（010）55626985（读者服务部）
传　　真	（010）66515838
经　　销	全国新华书店
印　　刷	北京威远印刷有限公司
开　　本	710 毫米 × 1000 毫米　1/16
字　　数	206 千字
印　　张	14
版　　次	2015 年 3 月第 1 版第 1 次印刷
定　　价	29.00 元

网　　址	www.cctphome.com　　邮　箱：cctp@cctphome.com
新浪微博	@ 中央编译出版社　　微　信：中央编译出版社（ID：cctphome）
淘宝店铺	中央编译出版社直销店（http：// shop108367160.taobao.com）（010）52612349

本社常年法律顾问：北京市吴栾赵阎律师事务所律师　闫军　梁勤
凡有印装质量问题，本社负责调换。电话：（010）55626985

▶ 繁星梦

谁的年少不疯狂（文/万亿）	002
我已亭亭，无忧亦无惧（文/沈倩）	008
女孩要把心思花在重塑命运上面（文/如风）	010
属于记忆（文/廖丁瑶）	014
矛盾VS友谊（文/刘佳昱）	016
尊重劳动（文/刘佳昱）	019
肥妞正传（文/陈凯玲）	021
周末苦难日（文/蔡飞飞）	024
小雪儿的成长感悟日记（文/彭雪茹）	026
他的笑触动了我的心（文/陈盈颖）	032
花开一季，雨中成长（文/施鋆）	035
我的梦想（文/余明静）	038
选择（文/徐莹莹）	040

▶ 青春驿站

| 右边眼角斜下来 左边眉毛高上去（文/张佳羽） | 044 |
| 凌晨三四点钟的人（文/赵登怡） | 047 |

Tik Tok（文／陈盈颖）······051

少年啊少年（文／姗姗来迟）······057

奋斗铸就成功（文／宋明洁）······063

致青春（文／孔洁）······065

十七岁的雨季（文／万亿）······067

痛并快乐着的军训（文／付婧睿）······074

那一束三色堇（文／徐诗怡）······078

你能看见什么？（文／孙依涵）······081

流年（文／李蔚如）······086

遇见暖国（文／贾蕊萍）······088

流年带不走的静好时光（文／野火）······090

游荡在"花雨"中的鱼（文／王佳萍）······094

我心所向（文／杨洋）······097

时间都去哪儿了（文／李瑞）······099

那天——清明节祭奠革命先烈活动有感（文／陈佳容）······101

▶ 亲情树

丫头，努力吧！（文／程瑜）······104

歌未央（文／张梦佳）······107

记我身边的那些人——我的外婆和小舅（文／杨丽）······110

婆婆的泪（文／杨睿泠）······114

祖母的一盏茶（文／王佳萍）······116

爸爸，我爱你（文／张兆伟）······118

慈母的爱是儿女们的天堂（文／匡天龙）······120

和妈妈在一起（文／高宗飘逸）······122

有时，我也想轻轻地拥抱你（文／马紫晨）······125

听妈妈讲那过去的事情（文/朱佳文） 127
蓝色盒子（文/苗茜） 130

▶ 鬼马狂想曲

世界上最后一个易拉罐（文/王璐瑶） 134
当语文离家出走（文/吴佳宁） 137
地球拯救战（文/宋明洁） 139
迷失（文/孔洁） 141
触不到的恋人（文/周瑜） 149
来自星星的你（文/杨一欣） 152
最后的阿喀琉斯（文/余明静） 154

▶ 自然物语

四季恋歌（文/万亿） 166
雨（文/沈倩） 170
夕阳无限美（文/邱苏南） 172
变幻星空（文/姜静哲） 174
老人和槐树（文/王佳萍） 176
蝴蝶嘴巴的秘密（文/朱佳文） 178
鸡蛋"骨质疏松"了（文/唐婷婷） 180
银杏情结（文/万亿） 182

▶ 读书沙龙

永不放弃（文/黄忠） 186
生活的激流——"激流三部曲"《家》《春》《秋》读后感（文/范开源） 188

花蝶戏绵雨（文/莫汤伊）……190

残缺的完美（文/周欣吾桐）……192

有梦想，才有未来（文/黄宇灵）……194

坚守人生的底线（文/毕思竺）……196

假如还剩一天生命——读《假如给我三天光明》有感（文/王虹）……198

纸片蝴蝶·书香陪我走过的四季（文/沈倩）……200

美，永不衰老的力量——读《草房子》有感（文/刘佳昱）……203

信赖，美好的境界——读《珍珠鸟》有感（文/朱佳文）……205

劫（文/陈诗雨）……207

书香与我共舞（文/张楠）……209

读书的感觉真好（文/刘佳昱）……211

繁星梦

谁的年少不疯狂

文 / 万亿

一

陈嘉右耳缺了小小一块,那是他小时侯跟我打架,被我咬的。那年他10岁,我9岁。我俩都是小区里的捣蛋鬼,一会儿好得跟一个人似的,一会儿又非得打个你死我活。不过,如果有人敢欺负我们其中一个,那么,我俩会联手打败对方。

那时,一到夏天,陈嘉经常穿条小裤衩,光着上身来找我。他的绝活是打弹弓,我们经常躲在小区的拐角打路灯,百发百中,害得小区保安每天换灯泡。

一天,正当陈嘉"举弓待发",突然,传来一个女孩大叫:"你干吗,陈嘉?"

"王八蛋,谁?"陈嘉问。

"是露露。"我说。

"快撤。"他说。

我俩野兔般狂奔过两条街,见没人追来才停住脚步。可陈嘉不死心,恶狠狠地说:"我今晚非得把那盏灯打爆。"我们原路返回,远远看见露露跟她妈还站在原地跟人聊天。

陈嘉心一横,拉我躲在暗处,他拉起弹弓就朝露露屁股射去。

只听露露"哎哟"一声惨叫，我俩撒腿就跑。

这样做的后果是，我和陈嘉回家后分别受了大人的一顿猛揍。苦恼的是，我还被老爸拉去向露露赔礼道歉，真是脸面尽失。

哦，忘了告诉你，露露是我和陈嘉的同学。从此，露露跟我俩就结了"深仇大恨"。

二

这种状况一直持续到小学毕业。没想到，在初中，露露居然成了我的同桌。

上初中后，我悲哀地发现，我们的身体都发生了奇妙的变化。陈嘉的个头长到一米六八。而我，生长缓慢，比露露还矮半个头。

那天，我站在黑板前捏着粉笔，却什么也写不出。望着快要暴跳如雷的数学老师，我想起了《倩女幽魂》里的黑山老妖，而讲台下那些不断发笑的同学，则是那些兔妖小鬼。

老师毫不留情地训斥："真不知道你是怎么混进这所重点中学的。"

咋不是呢，瞎猫撞上死耗子——碰巧。接到录取通知书那天，害得爸妈连夜去筹一大笔"建校费"。

"你下去吧。"老师的口气几乎是"哀莫大于心死"。我羞愧万分地回到坐位上，没想到，露露主动把她的笔记本推到我面前。

这是她对我的第一次主动行为。她的眼睛释放出友善的光芒。

"也许对你有用。"

"啊，啊，谢谢啊。"我有些受宠若惊。

三

因为意外考上重点中学,爸妈奖励我一台笔记本电脑,又因为期末考试名列全班倒数第三,电脑被无情地没收了。再也没机会半夜躲在屋里看《倩女幽魂》了。

放学的时候,露露从后面追上我:"数学书都不带,你回家瞎蒙啊?"

"啊,啊,谢谢啊。"

"傻冒,你还会说别的吗?"

我摸了摸几乎要抽搐起来的嘴角,侧目望去,这时,我才真正认同,平时男生们说露露相当扯人眼球的事实。

"一起去喝奶茶好不好?"她冷酷的脸上有一丝温柔的笑容闪过。

我愣了愣:"啊,啊……好。"

露露笑了。她抢白我:"啊什么呀,你笑起来好丑哦。"

我情不自禁地摸了摸脸,据说笑可以牵动脸部十九条肌肉,第一次遇上女生对我这么热情,让我产生了整个心脏都被蜂蜜浸过一样的感觉,还管它什么抽不抽搐。

她大概真是饿了,吃汉堡的时候什么也没说,只顾埋头吃。等到把最后一口汉堡吞下,才瞪大眼问我:"这顿是你请还是我请?"

"啊?我请,我请。"有机会能跟她面对面坐下来,我就已经荣幸之至了,更何况她今天还帮了我。

露露笑了:"还是AA制,我可不想欠你的情。"

她把口袋里皱巴巴的零钱全掏出来丢在桌上,可爱荒谬的样子像童话里吐金币的女孩。

"不够?还是我来付账吧。"

"只差五角,算你借我的,加上利息,明天我还你一元。"

我强忍着撕裂的笑容，说：“你当我是放高利贷啊？”

"你不是吸血魔鬼吗？那我就是倩女幽魂了。"

"你？"

"你以为你上课看那些乱七八糟的书我不知道啊，只是本姑娘心善没告发你，怎么样，今天糗大了吧？"

"那就算我贿赂你啦。"

"你去死啦，我才值五毛钱？"

四

走出奶茶店，她像是忍了又忍但最终还是忍不住地说："其实我早就知道，那年用弹弓射我的不是你。"

王母娘娘啊，我这五年冤屈终于平反了。

我和露露同路走到我们居住的小区门口时，陈嘉虎视眈眈地拦住我俩，那副尊容简直就像僵尸。那厮竟在背后监视我们。

"鸳鸯戏水啊，别他妈淹死。"

他冷酷的表情和极不相配的笑一直在颤抖。早就听班上同学在背后议论陈嘉暗恋露露，我问过他，这厮死不承认，瞧他那副嘴脸分明在吃醋。

露露故意牵住我的手。我从未被女孩牵过手，就这么被她紧紧握住，整个心脏都在"忐忑"。

荷尔蒙顿时膨胀，我坏坏地笑着："呵呵，小聚了一会儿，怎么样。"

露露则丝毫没示弱，瞪着陈嘉直吼："让开。"

可以想象我跟露露走进小区后，陈嘉的那副狰狞面目。

在陈嘉面前我突然发现自己有点悲哀。面对这厮"突飞猛进"的个头，以前我好胜强斗的勇气早已消失殆尽。

五

我的成绩不知何时开始好了起来，父母欣喜之余，把没收的笔记本电脑还给了我。

一向迷恋玄幻故事的我，不知如何定义跟露露的关系。该算是"朋友"，还是算"男朋友"。

而露露呢，连半句喜欢之类的话也没有说过，甚至一点点暗示都没有。

第七感让我自以为是初恋了。每当我贼心不死地盯着她看时，她眼底始终有淡淡的隔阂和些许凉意。看到我一脸窘迫，她扑哧笑了："犯傻啊？我是在拯救一个不良少年。"

那天，陈嘉在走廊上故意拦住露露，找借口跟她搭讪。露露气得都快要哭了，我走过去，陈嘉使劲推我一把，叫我别管。

看见露露泪眼汪汪无助的样子，我恼了。哥也不是省油的灯。我一个箭步冲上去，踮起脚，直接爆头，陈嘉那张丑得很艺术的脸立马扭曲了。

直到将他打趴下之后，我才知道惹了大麻烦。此时，已经围上了很多老师同学，我被拉到学校德育处。

要知道，在这所重点中学打架是会被开除的，还是为了一个女生。

当我站在老师面前声泪俱下地忏悔时，传来了不幸的消息，陈嘉的鼻梁骨被我打断，左眼被我打得严重冲血，还有失明的可能。

德育老师气得暴跳如雷："你们有那么大的深仇大恨吗？你要把他往死里打？这是学校多年来没有过的严重校园暴力事件，必须要严肃处理。"

班主任也闻讯赶到，摇着头说："你？你真是无可救药，我让露露同学在学习上帮助你，你刚有点进步，又惹这么大的事，到底是为了什么啊？"

六

年少无知的冲动啊，杀死了我的理智。

学校下达处分的那天，露露又把我约去那家奶茶店。店里的冷气开得很足，望着她细嫩的手臂上冒起的一颗颗鸡皮疙瘩，我忽然很想去摸她，好让她觉得温暖一点。

出乎意料，露露伸过手来把她冰凉的手掌覆盖在我的手臂上。

"知道学校给你的处理结果了吗？"

我点点头："留校察看半年。"

"好好珍惜，改掉你冲动的毛病，你还是我的好同学。"

……

第二年夏天，我和露露都考进了市里的一所重点高中。当我们俩在QQ上互发祝贺时，她给我留了一句话：记住，你只有让自己变得真正强大起来才能保护我哦。

我不知这她这句话的含义是什么，年少稚嫩的承诺未必可以当真，但我还是觉得她这句话是我听过的最美丽的语言。

我已亭亭，无忧亦无惧

文 / 沈倩

我已亭亭，无忧亦无惧。
好喜欢这句话透出的淡然的自信。

透过镜子，看着自己的眼睛。不知何时，眼神复杂了一些。是否是因为长大个子高了，看世界的角度不同了，看到的、听到的更多了呢。

闲时整理书橱，愕然发现，那些儿时所钟爱的书籍，《最爱的狗狗就是你》《我的雀斑会跳舞》……已被搁置到了书橱底层。《十六岁少女》《目送》《林徽因传》《栀子花开》……眼光掠过那一本本摆在显眼位置的书，似乎明白了什么。

翻看相册，先看到以前，每一张照片中的小姑娘都是不同的姿势，相同的是对着镜头热情地笑着。而最近的几张，多数是安静地或立或坐，嘴角挂着一抹浅浅的微笑。突然发现自己，再不爱摆拍，喜欢上了抓拍。

七夕节前夜，在厦门海边骑行。同伴已渐骑渐远，而我仍然缓缓地前进。我很喜欢这样的夜晚。有海风，有浪花，还有远处灯光点点。然后在七夕节那天，笑着回应朋友在凌晨发来的祝福。一个人，抑或是与朋友们在一块儿，都很温暖，很快乐。

偶尔拍些照片。偶尔写些故事。偶尔做些美食。偶尔写几张明信片。偶尔看几本书。偶尔盘发练舞。偶尔出门旅行……我就想做一只有点懒、有点拽、有点可爱、有点幸福，一直以来坚持自己的兔子。

我13岁了。万亿的文章里写到，13岁的花季便是一半红一半绿的苹果。即仍带着青涩，却有些许轻熟的意味。我时时刻刻期待着这一幕——

某一个高考结束后的夏日午后，一个女孩将最后一门考试的教科书整理进箱子里，一页纸飘然而出，上面是一篇稚嫩的文笔，一行字映入她的眼帘——

我已亭亭，无忧亦无惧。

她笑着，颔首。

女孩要把心思花在重塑命运上面

文/如风

在硝烟弥漫的生命战场上,似乎有几张模糊而熟悉的幼稚的脸在我眼前晃荡,有一张最为清晰,他叫蔺海天,住在李奶奶家的隔壁;有两个是李奶奶的外孙,一个叫齐长胜,一个叫齐长利,还有几张脸,我几乎看不清了,也记不起名字了。唉,我总是命运不济,邻居家竟然没有女孩儿,我迫不得已和男孩儿在一起游戏玩耍,心里老大不乐意,我不喜欢他们,他们比女孩儿笨、脏、丑陋、易怒、爱使用暴力,可我却只能屈尊与他们为伴。生活是如此荒谬,在我讨厌男孩儿的生命时刻,我只能与男孩儿一起玩耍,在我想要与男生接近的时刻——初中以后,却又找不到男生了。我们的游戏内容很丰富,并加入了许多城市里的流行元素,农村里的玩法只有我知道,少不得我要入乡随俗、少数服从多数。我们打扑克:五十K、炸叉、拉火车、七王五二三、接七儿、说瞎话和红十;我们还玩跳格,名字叫不出了,总之是方块与圆形的组合,按照某种约定的规则,单腿在格子里跳来跳去,如果一方跳错了、踩线了、双脚着地了都算输,然后由另一方跳;还有跳大绳、踢毽子、藏猫猫、老鹰捉小鸡,这些和鲁村的玩法一样儿。还学了一样新的玩法:丢手绢,我们在鲁村也丢,但是不会唱那么好听的歌儿。在蜂城,要一边玩一边唱:"丢,丢,丢手绢,轻轻地放在小朋友的后面,大家不要告诉他,快点快点抓住他,快点快点抓住他!"

有人的地方就有嫌隙，无论多么小的小人儿。我和蔺海天最玩得来，我经常到他家去，要么一起打牌，要么一起看《包青天》。他家境很贫困，甚至比我家还贫穷。他的母亲与别的母亲不一样，走路时很费劲儿，腿伸不直，脖子向一边扭着，吐字含混不清，我一个字也听不懂。与她交流时，都由蔺海天翻译。我不敢问蔺海天他母亲为什么这样，是一出生就这样还是后来得了什么病，我很善良，他们也很善良，我不能因为我的愚蠢而无端地伤了他们的心。起初我还很好奇，没过几次，我就习惯了，反正大人没时间管小孩子们的玩耍，所以小孩子也不必理会大人的异常状态。

一个夏日的午后，我和蔺海天坐在我家的炕上玩扑克，齐长胜领着几个小破孩儿在窗户外调笑我们，大意是孤男寡女单独相处之类的混帐话，蔺海天的脸登时涨得像茄子皮一样，出牌的手微微颤抖："要不，不玩了吧？"他问我。"不！玩，继续玩！玩到他们说累了为止！"打了一会儿，还是不见他们作鸟兽散，看样子精力颇丰。"我还是走吧。""你敢！不许走！干嘛要听他们胡说八道？""他们说的……很难听。"我气急了，来不及从大门绕过去，"噌"地一下从窗户跳了出去，叉着腰瞪着他们，也不说话，死命的拿大眼珠白楞他们。

这么小就懂得此时无声胜有声的战术，真是参军打仗、运筹帷幄的好苗子，只可惜没有机会向这方面发展。齐长胜被我盯得站不住了，知道我真生气了，他原本以为我能够破口大骂，等着与我唇枪舌剑呢，没成想我不惯于骂人却采用了心理战术，他倒一时不知该如何应对了。我一直狠狠地瞪着他，最后齐长胜脸红了，撒腿就跑了。我不费一兵一卒，没出一枪一弹，得胜而归，搬师回朝，为了奖赏自己的英勇，仍从窗户跳了回去。

"你可以走了。"我往炕上一盘腿，颐指气使地对蔺海天说。他不解地问："他们走了，我们可以好好玩了。""我早就玩累了，就是玩给他们看的！干嘛怕他们，凭什么？"蔺海天还是不理解，我不禁轻叹一声，男孩儿的智商相当有限，外面站着一群傻瓜，里面坐着一个笨蛋。"还想玩？再去找两个来，我们玩升级。""好！"蔺海天得令后一溜烟跑了，拎了两个小家伙来，其中之一就是齐长胜。他不好意思地低着头红着脸说："带我不？"我趾高气扬地像女王一样宽容了他刚才的"罪孽"："带！来吧。下次不许这样。""哎！"他喜出望外，"媳妇儿，你真好！"我瞪大了眼睛，这个伤害比刚才还严重十倍。"你发啥疯！""男人都是这么叫女人的。我爸就是这么叫我妈的。"齐长胜觉得还挺委屈。"那是因为你妈是你爸的女人，我不是你的！再说，我不是女人，我也不做女人！更不可能做别人的女人。你懂吗？"齐长胜点点头，似懂非懂，以他的智力水准他能懂什么？其实我也一样，本来就对父亲母亲之间的关系模模糊糊的，现在彻底不懂了。"向我道歉！"我命令他，用眼神敌视着他。"是！对不起。""好了，玩吧。"回头还不忘小声嘀咕几句："小小子可真难缠，一帮坏蛋！敢把我的未来都给抹杀了，真是不想活了，不知道本姑奶奶发誓：绝不给男人做当牛做马的媳妇。"我恨恨地扔出大王，得了三十分，"我可是不一样的女人，未来，我要像男人一样称霸天下，最好能娶一个为我洗衣服、做饭、带孩子的男人——相当不错的主意。"我心里得意极了，只要我一得意，别人就没有机会。我们从"3"打到"A"，对方才打到"5"。

这些小破小子，对我一无所知，还妄想拿捏我，也不打量打量自己的本事，知己知彼方能出奇制胜，以为我是随意被人欺负的普通小姑娘，真是打错了算盘。本人积极而又执拗地反抗性别赋予我必须接纳的命运已经十年有余，虽然不过十岁而已，估计我在母亲子宫时就已经开始酝酿反抗的具体措施了。对于这么小的孩子来说，不可能想像出这会存在多大的阻力，也无法预知反抗的结果，只是凭着无知的天性和冲动的诱导，做着可能并非是自己的意志所决定的在大人看来莫名其妙、大大超越一个女孩儿所应该表现的行为。我同男孩一样调皮捣蛋，同他们一样拿着小木枪装作解放军对着男孩儿和男人，眯起一只眼，嘴里还发出"啪！咚！啊哈！"的声音，我同他们一样下河摸鱼、上柴禾垛捡鸡蛋，同他们一样藏猫猫藏到猪圈里、躺在老牛吃草的槽子里，我不喜欢花衣服、布娃娃，不喜欢被要求不要做这个、不要做那个，男孩儿能做的我都要做，我处处要求自己和男孩儿一样，我用男孩儿的标准来对待自己。大人们却那么笨，依然用女孩儿的标准束缚我，他们真是不了解我不想当女孩儿的心。唉，这些个大人，真让人操心！又笨又幼稚，他们难道不知道当女孩儿有多惨吗？

我得当我想当的那种女人，我要自己塑造自己的形象和命运。二十年之后，我成功地完成了重塑自己命运的重任，想起小学时候的故事，真是可爱之极。

属于记忆

文 / 廖丁瑶

属于天空的,那就让它飞翔吧。属于大地的,那就让它深沉吧。属于记忆的呢?年少的我,好像有些迷茫,好像我还没能开始拥有记忆。

我经常有迷失自己的感觉,我经常羡慕别人的精彩生活,我从来不知道要留住记忆中那些美好的片段,也从来没有去珍惜。但我懂得,其实,一个有记忆的人才是有故事的人,那些过去了的时光、那些故事会让生活泛出温暖的光芒,在岁月深处依然动人。

妈妈谈不上是怀旧的人,但她却格外留恋故乡的一条小径。

于是,前几天,我和她,带着那份沉甸甸的留恋,重返小径,重拾记忆。

然而,一切感觉中的美象如泡沫般散去了。我们看到了小径。不过,那已然成了一条大路。从妈妈的连连诧异声中,我依稀看到了一片与眼前截然不同的景物:清凉如水的月光下,晚风吹拂着路边的芦苇,一个花季少女的身影在萤火虫中穿梭着,一闪一闪的是夜色,叮叮咚咚的是风语,流水在悄悄走过,带来了四季的变化。自由和青春,如水中的涟漪,层层荡漾开,女孩心中,一片美丽。

"物'非'人非啊!"妈妈感叹着走向前去。的确,这里和妈妈的描述我的想象距离很远。前方那原本应该是松树林的地方,现在却不见一棵小树,取而代之的是无数高楼拔地而起。面对那一片空荡荡的新厂房，我真的无法进入妈妈的记忆中，陪她一起去回忆那些属于青春年少的味道。

看来，那些记忆只属于妈妈，仅属于她一个人的。

原来，只有在经历时光浸润之后的某一天，才会有了那些可称之为"记忆"的东西。而那些拔地而起的高楼，它们，则是属于这个飞速发展时代，以及未来的记忆的。妈妈说，也正是它们，才带来了我的记忆。

走过的脚印，都会留在过去的岁月中，经历过的每段风景，那都是被时间设定了的，它们不可能伴着我们一起走，可它们都会轻轻地、静静地、悄悄地躺在我们的记忆中。有记忆，真好！

矛盾 VS 友谊

文 / 刘佳昱

　　窗外下着细雨,可太阳却依然挂在空中,上帝似乎很矛盾,究竟是让天下雨,还是放晴?我的心情一样如此,矛盾,纠结,烦躁。

　　前天和好友琪琪闹翻了。早晨,我去她家玩,她在换衣服,让我先在书房等一会儿。我闲极无聊就在她的书桌上乱翻,突然看到一本她的日记本。刚拿在手上,她就一个箭步冲了过来,一把从我手中夺过日记

本，手忙脚乱地塞进抽屉。我瞅了瞅她，半开玩笑地说："怎么啦，里面有啥不可告人的秘密啊？""没有！"琪琪一字一顿地说。"那让我看看呗！"她这下冒火了，白了我一眼，一语不发地走了。我也是个暴脾气，把桌子一拍，转身就走，回到家细一思量，才觉得自己这么做有点过了。琪琪本就脸皮薄开不起玩笑，我擅自拿了她的日记本却还要得寸进尺实在不应该。

想到这儿，我坐立难安地马上站起来，准备去向她道歉。刚走到门口，转念又想，她也有错，自己一点儿玩笑也开不得，再说我们是朋友，朋友之间不就是应该毫无芥蒂无所不谈吗？有什么秘密要瞒着我啊！我一甩头发，大踏步地往回走。走到书桌前，我又折了回来，毕竟自己也是有错的嘛！可她也有不对啊！我一边啃着手指，一边用脚使劲跺着地，算了，我是肚里能撑船的大度君子，不和她斤斤计较，不就道个歉吗？

脚跟前的那只黑猫咪似乎听到了我的心声，歪着脑袋瞥了我一眼，舔舔舌头，不屑地"喵"了一声，仿佛在对我的决定表示鄙夷。"好像不对诶，"我挠着头自言自语道，"我凭什么去道歉，她跟我道歉还差不多！"我把头往南一扭，哼，本小姐我还真就王八吃秤砣——铁了心了！啊呸呸呸，冲动是烧昏头的魔鬼啊，瞧我这破比喻。

　　书桌上的那盆君子兰摇了摇叶子，似乎在叹息我是个伪君子。我再次陷入了两难的地步，无奈之下只好掏出一枚硬币，正面去道歉，反面不去。可一抛，硬币滴溜溜滚进角落里捡不出来了，看来是上帝执意要把选择权交给我啊！我咬着嘴唇，打算静一会儿，可脑海里始终浮现出的是和琪琪在一起的画面。我们一起放风筝，一起玩滑板，一起写作业，一起躲在被窝里看《哈利·波特》……对！去道歉！

　　我再次甩了甩头发，目光坚毅大步流星走出门。打开门一愣，雨停了，琪琪正低着头在门前徘徊，见到我立刻脸一红又低下了头，我也不由自主低下了头。慢慢抬起头，两人相视"扑哧"一笑，然后紧紧地抱在一起……

　　一场矛盾，一阵微风，一个涟漪，就让它在一点儿暖阳里消失吧！

　　友谊，是一种多么伟大的感情！它不是亲情，却胜似亲情。它经得起矛盾，经得起误会，经得起重重考验。在真正的友谊面前，一切都是那么微不足道，那么不堪一击！

　　矛盾VS友谊，矛盾必输无疑！

尊重劳动

文 / 刘佳昱

无论是都市白领，还是乡村农夫，他们都是伟大的劳动者。365 个日日夜夜的操劳，将 13 亿人的需求满足。可很多时候，我们往往会忽视他们的辛劳，乱扔垃圾、浪费食物……

去年暑假，学校组织我们去参加当地社区活动。

社区里有个清洁工，负责社区的清洁。每当他把活动室打扫得干干净净后，我们转眼工夫又会将它弄脏。屡教不改之后，指导员看着顽劣的我们叹了口气，吩咐我们来打扫社区。

一听这个安排，大家信心满满，连忙到卫生角寻找劳动工具，七手八脚地忙了起来。

我和好友琪琪分到的任务是扫广场。偌大的一个广场怎么扫啊！我们一下子懵了，指导员给了我们两把"飞天扫帚"。我把口香糖随地一吐，嚷着："不就是扫个地吗！有什么了不起，弄脏了再扫不就行了！"看着两把比人还高的扫帚，我和琪琪更不知道该怎么办了。经过商量，我们找出一支粉笔，把广场分为两半，一人一半，然后开工。

我抡起大扫帚，走到广场的左侧。两只手一上一下紧紧握住扫帚柄，从左及右一点点往下扫。起初觉得这活儿还真轻松，可扫了十分钟后，觉得手臂酸痛，手掌也被粗糙的扫帚柄磨得生疼。我慢慢直起腰，真是年纪大了，不中用喽，直个腰用了半分钟。看来，扫地还真是个力气活！我擦了擦汗，继续一扫帚一扫帚地扫着，尘土飞扬，呛得我直咳嗽。

突然，扫帚好像被什么东西粘了一下。该死，谁吐的口香糖！我一边用扫帚使劲蹭，一边在心中咒骂着。额……我突然想了起来，这好像是我刚刚吐的。唉，自己种的苦瓜自己尝吧。这块口香糖似乎要捉弄我，牢牢地粘着大地，不肯松手。我信手捡来一把被遗弃的直尺，蹲下来在地上蹭。"其其其"，直尺和水泥地一起奏着交响曲。口香糖开始慢慢松动了，我继续从其他面展开"攻击"。终于，顽固的口香糖投降了，我也累得出了一身汗。然而地上还留了一块"牛皮癣"，怎么办？我继续蹲下来，用直尺紧贴着地面蹭，终于被我"医治"成功！

我才忙活了不到一小时就累得瘫软如泥，清洁工呢？他年复一年日复一日，却任劳任怨，真了不起！我们还不珍惜他的劳动成果，想来惭愧！

劳动者是伟大的，站在他们面前，我们显得多么渺小。尊重他们的劳动，尊重他们的付出，尊重他们营造的美丽世界，终会有一天，你会发现尊重别人的劳动是一种美德。

肥妞正传

文 / 陈凯玲

体重，体重，又是体重！我美好的童年就是被这两个字困住。

这天风和日丽，万里无云。路边花开的开，谢的谢；树叶长的长，落的落。校园内外无处不传递着笑容，弥漫着快乐。唯独我却头顶着乌云，一阵又一阵晴天霹雳向我袭来。

课间，同学们嬉笑打闹。

"太棒了，下节课上体育。"

"对呀，我好久没看到施老师了。"

"你们俩有必要那么夸张吗，今天中午不也看到施老师了吗？"

"你懂什么！我这叫用了夸张的修辞手法生动形象地表达出我对施老师的想念，还顺便帮你们解释什么叫'一日三秋'。"

哎，同学们那么期待上体育课，我的心却沉重得快把我压扁了。这一切都是因为今天体育课要测体重，这不是要我的命吗？我低下头望着自己，一身赘肉和这粗胳膊粗腿。放眼望去，我都可以算班上女生中的"巨无霸"了。

"丁零零"，上课铃声响了，同学们迫不及待地冲出教室。我呢，走一步歇三秒，这是我第一次感到时间过得这么快。事与愿违，不出两分钟我就到了操场。

施老师先让我们绕操场跑三圈热身，这三圈全班数我跑得最起劲。

那是我希望跑了三圈能减个十斤八斤,当然愿望是美好的,现实是残酷的,哎……三圈跑完了,施老师叫同学们搬出体重秤。一开始是测男生,女生在一旁自由活动。不过施老师帮男生测的时候我也凑了过去,这是为了在男生中找几个胖子好安慰自己,减轻我待会儿的压力。

是祸躲不过,几分钟过去,最惊心动魄的事要发生了。"陈凯玲。"施老师喊道。只感觉同学们的眼睛齐刷刷地盯向我,灼热的目光让我纵然掘地三尺也逃脱不得。我的三魂七魄都要出来了,仿佛听到了恶魔对我的呼唤。"站上去。"施老师命令。我闭上眼,做好了接受审判的准

备。猛地踏上体重秤,秤颤动了几秒,我暗暗祈祷干脆坏了拉倒。不过转念一想,要是真坏了的话,我可就糗大了。

眼睛偷偷眯开条缝,只见指针从"0"千克开始转动,一会儿转到"100",一会儿回到"30",把我的心揪得那个紧啊,再也不敢看了。过一会儿我感觉指针停了,睁大眼还没看清楚,不知谁惊呼:"哇,61千克!"

放学回到家,一想起体育课上的事我郁闷。不过我可是打不死的小强,为了我的美好未来,我要减肥减肥再减肥!

周末苦难日

文 / 蔡飞飞

"樱花飞舞的初春,半空中落英缤纷,蓝紫色桔梗,似将画面停顿……"

明媚的早晨,那第一缕温暖的阳光透过窗户,投射在我的脸上。在耀眼的阳光下,我终于朦朦胧胧地睁开了眼,然后穿着拖鞋向阳台走去。一片生机勃勃的景象首先映入了我的眼帘,我呼吸着沁人心脾的太阳香气。今天是什么日子?周末。

九点多了,我迅速地整理完手头活,兴高采烈地出了门,终于来到了一扇有着油漆味的紧闭的门前。"冰赟……"我轻轻地喊着,开门的却不是她,她妈走了出来:"冰赟快中考了,在写作业呢,等她考完试再和你玩吧。"万般无奈的同时,我暗暗地替冰赟加了个油。

我又向文韵家走去,心中想着:上帝啊,耶稣啊,一定要保佑啊……老天不作美,文韵正趴在床上呼呼大睡,睡得可沉了。"起床啦!小懒猪!"我拉着文韵的被子,扯着嗓子喊她起床。而她呢?嘴里喃喃喊道:"我要睡觉,真的很困。"话音刚落,她猛地把被子一扯,蒙住了头。天哪,这可怜孩子是有多爱睡啊,就不怕被闷坏吗?

温暖的阳光格外刺眼,树林间仿佛也遗失了以前的茂盛,风中似乎也夹杂着那一丝寒冷,多么无聊又无趣的周末啊。

我坐在电视机前,呆呆地看着电视。不知不觉中,我已经保持这个姿势几个钟头了。打着哈欠，目不斜视地看着电视。突然，耳边传来一阵声响。

"嘿，舅舅你去干嘛呢？"我站在阳台上，看着楼下。"和同事去打篮球。"一边笑容灿烂地回答，舅舅又一边晃了晃手中的篮球。我叹了口气，这个周末真难熬啊。看来，全世界就数我最无聊了。

周末，像是隔天的可乐，失去了二氧化碳而没有任何口感。度日如年的我终于盼星星盼月亮，把漆黑的夜晚给盼来了，我长长地舒出一口气："无聊周末，一个在家。好似冰窖，不逊监牢！"树影摇曳，月亮发出微弱的光，笼罩着安详而又寂寞的大地。

五天犹如白驹过隙，转瞬即逝。五天过后，迎来的不就又是那周末苦难日？

小雪儿的成长感悟日记

文 / 彭雪茹

冬天来了,但心不冷。

——题记

关于考试

期中考试,不管是英语听力的人品探底,还是数学试卷数据的不清楚,不管是语文试卷不按常规出牌,基础题错几个,还是历史的爆笑错误。太多的不甘和遗憾,但我知道这个名次对我的重要,我回到了自己应该在的范围,很宽心,但并不满意,因为分明可以更好。开门首考月考华丽挂掉,几乎把我的信心指数化为零,一直期待期中,却又有一些胆怯,不知道自己是否还有那个能力找回属于自己的位置。很珍惜看重这次的物理满分,一直想拥有,却一次次因为粗心失之交臂,这一次是我的!继续拥有……

关于现场作文

我没停下来,仍是奔波。再次来到这个外国语,好好打量这里的一切,不禁感慨东港的美好。作文题目一个是《走过自己》,一个是《野百合也有春天》。前者更多的是内在东西的挖掘，后者是童话唯美隐喻的东西。本以为自己会选第一个题目，但由于考试前一天晚上看了太多80后写手的唯美故事，让我不自觉地提笔"野百合也有春天"写了一个关于青春女孩子的故事，洋洋洒洒几千字，苦了我那满满的作文格子。很纠结赛完的第二天看到"儿文"上推荐的新书，那情节，那人物，那文风。和我那可怜的《野百合也有春天》出奇的像，我无奈，苦笑……

十二月，真正的冬天。我喜欢冬，一直觉得体验一个冬天，就像体验一程旅途，更是体验一段生命。

关于演讲

其实谈不上大事情，一开始只是想一带而过，学校的比赛嘛。但比赛结束后，我才知道这次比赛对我来说，却有着特别的感受。

上场前还在犹豫要不要上，真得没有多大的挑战性，爱国主义题材的，小学4年级就在区演讲过；学校比赛，参加有点小欺负人的感觉；一直觉得我们班人才很多，不希望自己包揽这些事物……我知道，我内心是想主持的，像一个旁观者一样静静地看，又不失参与其中的乐趣。但我知道这一次，不会属于我，语文组承办的活动，都不会属于我的。太多纠结，没有办法，最后还是上场讲了，激情够了，熟练度还是不太到位。成绩似乎对我意义不大，一等没有什么期待和开心，只是很平淡，像在走场一样。

在后台，看着身边的选手，本来就没有当作是对手。想着自己很久没有置身同龄人之中去竞争比赛了，还是很怀念的。看着他们一个个上台前紧张的样子，我想到了曾经的自己，也许也是这样青涩的。我记得MQ同学的一句话："我发挥一点不好，分低死了，倒数。"她是一个真实的女孩子，也是一个没有很多舞台经验的新手。我知道她在后台练习时的风采，不输任何人，而在台上会紧张的不知道手放在哪里。我在台后观察着每一位选手的一举一动，心里有一种莫名似曾相识感。我喜欢东港新校区的报告厅舞台，我也记得，我是第一个站在上面主持的学生，那是歌手大赛。我曾经在电视台采访时候说过："在一个舞台上没有什么新老演员，对于这一场新的活动，观众是新的，所以每一个舞台上表演的人都是新人。"其实，我对于每一件事情都很用心，只是每一个人做事方式不一样罢了。

值得一提，压轴 LZH 小朋友力压群雄。没开讲的时候，我知道他比我好，不是舞台的掌控，也不是演讲技巧，只是适合。他是有激情的孩子，可以怒吼"蒋家王朝在动摇"，可以捶胸"我们要爱国"，可以蹦跳起来"打倒帝国主义"……我面上会说："哎呀，你要把我比下去啦，第一人！……"其实心里对于这些事情，早已淡然。

谈谈友情吧。第一次和好朋友同台竞技，很期待朋友的表现。她一路陪我，一直很照顾我各个方面。每次外出活动，都会帮我细心整理好各种必备品。这一次，我会热情地帮她，只是没想到她会给我一个"天大"惊喜。我记得今年很热推的一句话："能伤到你的人，是你在乎的人。"很感谢她的质疑，也许，这种事情，也只有我的好朋友会对这些方面质疑；很感谢她的舆论，让我明白她是多么用心和在乎；很感谢她的较真，让我明白我眼中的友情是多么脆弱……记得中午吃饭，会和 XRX 张口一个"气死了"闭口一个"太过分了"。其实内心早已经不去计较一些话，一些做法。似乎已经是习惯，只是这一次，有一点小小的意外。只是一点点，自己都会觉得有些不可思议，可事实就是，我学会宽容。我会当作什么也没发生一样，只是，我心里会有一点可惜，为了一点名利，她失去了我的信任，失去了我的接纳。而这些，我只会给同样一个人一次，仅一次。

也许，不只她，还有很多人，会怀疑到我身上更多的运气和人缘。

如果是运气,他只会有三次,不会有第四次,因为人人都有转运的时候。没有什么人际好,和老师脸熟,只是在属于自己的地方,把自己该做得做好,自然会有人记住你。这,只是一种普通的积累。

Mr张一句"没发现你这么厉害!"全班都笑了,边上老师滔滔不绝"她呀……"我觉得足够了,大家的笑,老师的话。对于Mr张的话,我只是浅浅一笑和一句"慢慢来"。

不知道会为这次爱国主义演讲比赛动笔,也许,因为这次比赛,我见识激情澎湃的爱国诗篇演讲天才LZH,我渐渐认识到身边的危机四射,我看到Mr张各种惊讶,不相信和震撼的眼神。

平安夜

去看了表演,参加所谓的圣诞狂欢晚会,有点小失望。除了丰盛的自助餐,其他没有什么可说之处。倒是一个二人转的表演确实雷到了我。两个所谓的东北二人转演员,闹腾了足足半小时,不幽默也就算了,还掺杂了一些低俗的话题。使底下等抽奖的观众纠结要死。唉,现在节目的质量,演员的素质,值得商榷。

几乎所有人看节目都是冲着大奖去的,液晶电视,说诱人吧也不赖啦。我拿了5个连号和一个单号,算了很长时间的几率,才得出不精确的概率——八十分之一。一轮轮的期待,一番番的失望,而最后的大奖四百分之一更是不用去想,都抱着没戏的心态坐在餐桌前。这时,主持人从舞台走到餐桌前,准备通过抛毛绒玩具的方法,寻找一位大奖的开奖嘉宾。我顿时兴起,想凑凑热闹。拿起小巴掌,象征性挥挥。结果,主持人手中的毛绒兔子戏剧性地向我头顶飞过,我惯性地用手接了一下,结果还是技术问题没有接住,毛绒兔子落在了我隔壁桌的桌上。我回头一看,发现隔壁桌的那个阿姨已经离席,我顺理成章地拿起兔子,走上舞台。主持人来了几个套路，我也和他打起所谓的太极。看着底下一帮人眼巴巴看着我在抽奖箱里摆动，心里那个窃喜。心里默念"阿门"，可以抽到自己的号。犹豫，斟酌再三，悄悄瞄了一眼号码，看到数字"2"和数字"1"，心里一阵狂喜，期待着那个熟悉的"8"颤抖着拿开手，还是"2"，内心一阵失落。不过看到一等奖的获得者，一个劲"太谢谢你嘞"，心里还是很开心，平安夜，做了一次好人。

圣诞节，洋节似乎成了主流。

新年音乐会

这名字可洋气，实质就是级部同学在一起联欢。彩排没去看节目，上午没有翘课，直到临上场五分钟，还在纠结地写词找稿子。很惊异大家的热情，毕竟初三了，基本都是清一色的组合，还有几个孩子因为能否上台的问题弄得面红耳赤。

不知道为什么，自己开始的时候没有什么热情，这一次，是和 WBY 一起主持的，新年做好人，完成更多人的小心愿吧。开场觉得没有 High 起来，也很正常，毕竟自己都没有投入。

一个个在边台看节目，发现这一次的节目质量还是很高的。《我的心好冷》的某美女演唱不负众望；《半城烟沙》依旧 V 派十足；《进化论》投入新颖；《双簧》夸张可爱；《老男孩》校园风淋漓尽致；《歌舞青春》感动与期待……渐渐地发现自己进入状态，被一个个好的节目所感染，看到每一个人的用心，真的特别感动。

最后的互动是现想的，还好大家都比较配合，全场也算有点小震撼吧，用某董主任的"一生铭记"来形容好了。"当爱与希望 投射炙热的太阳 昨日泪光 会随时间都蒸发 别轻易放弃 明天要许更多愿望 装满了勇气 就更有力量""因为我们年轻，有梦想，所以我们可以做得很好！"会记得这几句，我在那个东港舞台上对所有人说的。

冬季纵使寒冷，我的冬季依旧美丽。

他的笑触动了我的心

文/陈盈颖

七月的天,闷热。

人行道被晒得火热发烫。我小心翼翼地走在人行道上,似乎油锅般的大地会烧透我的鞋。

身旁小商店的一只黄狗吐着舌头,偶尔动一下尾巴。

"小朋友——"

一阵苍老的声音,我连忙回头,一对盲人夫妇映入我的眼帘。前面的一位老爷爷拉着身后全盲的老奶奶。老爷爷似乎不是全盲,好像模糊得能看得见我。

"小朋友——"他用沙哑的嗓子又重复了一遍,头上的白发抖了抖。

"我们走了很久了,水喝完了,能帮我们弄点水喝吗?"

弄点水?可我家不在附近啊,我带的水也喝完了,怎么给盲人水喝?

盲人夫妇头上的汗滑落在衣服上,烈日似乎使他们更累了,更老了。脸被晒得红红的,似乎快中暑了。

我实在不愿拒绝这两位盲人,可……我无能为力啊!

"你们等一下!"

我怀着最后一线希望打量着四周的小商店,希望能找到水源。

我匆忙冲进商店，怕盲人夫妇在烈日下等太久会中暑，不管不顾地抓起一瓶水，等着结账。

有可能天太热，这个毫不起眼的商店里竟挤满了买冷饮的人，原本冷清的小店里，现在我前面竟然排了五六个人！

我只能祈祷着快点，再快点！

"10元。"

"什么？"我刚回过神来，便听到售货员小姐的声音。

"10元。"服务员小姐又重复了一遍。

"怎么那么贵？"

"这是韩国进口的纯净水。"

我定睛一看，可不是？我太匆忙，顺手抓起一瓶水，没想到竟抓出一瓶高级进口水。

其实，我本应该换一瓶其他的水，可当我付钱时才发现，钱包里竟只剩下八毛钱！

天啊！

我顿时感到一阵失落，我一直希望能让盲人夫妇快点解渴，怎么就无视了自己没带钱呢？这不，让盲人夫妇等了那么久，结果还没给人家找到水，人家岂不是白等了？

灰心丧气地走出商店。

太阳刺得我睁不开眼，事实让我不敢面对这个世界。

商店门口的狗毫无征兆地叫了起来，我的心更烦了。

又环顾了一眼四周。嘿！有了！想起前面不远处就是图书馆！

我快步冲进图书馆，不出所料，免费饮水机就站在角落里。

一次性纸杯内迅速灌满了水。我小心翼翼地捧着，走出图书馆。

盲人喝水的一刹那，会心地笑了。笑得很真诚，很快乐，很舒心。

他们似乎年轻了许多。

那一刻,我有种微妙的感觉,好像在那炎炎夏日中喝了凉水的人不是盲人,而是我,我顿时感到浑身舒畅。

那一刻,他的笑触动了我的心,让我猛然觉得这种感觉是那么的好,心存善念,生活繁花似锦,爱可以让贫瘠的岁月,流金!

花开一季，雨中成长

文 / 施銮

我带着史铁生对地坛心灵寄托的向往，怀着朱自清对清华园荷塘下月色的赞美，迎着三毛荷西在撒哈拉举行婚礼的浪漫，走进了花雨，聆听文学的悦耳，感受文学的魅力。

于是，我便爱上了生活与旋律一起编织的舞蹈，爱上了高山与流水交相辉映的空灵，爱上了笔尖与纸面接触时最熟悉的声音。走过花季雨季，我们慢慢成长，我们期待花香四溢，雨中满情。

缤纷花雨·年会讲座

我们花雨文学社一年一届年会，来纪念花雨又长大了一岁。开年会，主要是什么呢，就是给新一届的花雨干部颁发聘书，给征文获奖的同学颁奖，然后还有一位作家或诗人开讲座。

去年萧山区中小学文学社的年会上，张老师邀请了青春"文字女巫"饶雪漫来我校讲座。雪漫姐结合自身经历，说明写作是没有技巧的，真正的创作在于用你的手写你的心，要学会写作，还得先学会做人，文如其人，然后不停地学习。她说，写作是有天赋的，但是仅仅有天赋是远远不够的，要坚持，不管遇到什么坎坷、困难，都要坚持！讲座结束之后，有社员与雪漫姐进行现场互动，提问、回答。最后还有一项议程，是件有趣的事儿，也是大家梦寐以求的，雪漫姐的亲笔签名。同学们争先恐后地排队，偶然看到有位高大的男生捧着一整套书，最起码有个十来本，气喘吁吁地跑过来要签名，这真是雪漫姐的热心粉丝啊！

年会讲座，让我们在名家的指导下，学习写作，也丰富了我们的课外知识。一年一届年会，花雨慢慢成长。

多彩花雨·一网二群

我们花雨自己有一个网站"萧然校园文学网"和两个QQ群：中国杭州萧山校园文学群和中国萧山校园文学2群。那个网站上有张老师每日更新的文学动态和来自全国各地的小作者们写的美文。

但是一说起两个群，就让我有些头疼，管群真是件麻烦的事儿。两个文学群共有老师、学生、作家、编辑、各类文学爱好者等1500人。但正是因为人比较多，所以有些商家加这两个群才更容易做广告，有建议投资股票的，有招工的，有学习机构补课的……但这是文学群是吧，当然不能让那些太社会化的物质玷污了文学的圣洁。所以一遇到这些加群进来发广告的，我就把他们一个一个都"咔嚓咔嚓"地移出本群。现在，这一网二群可是文学的天堂，一片纯净。

花雨有了它们，更加走向全国化，让更多的人知道花雨，了解花雨，喜欢花雨！

活跃花雨·文学采风

文学采风是花雨一学期一次必不可少的户外活动。采风说的透彻一点就是开开心心地玩嘛！去年上学期咱们去了苏州，这学期是南京。

苏州园林众所周知,但是苏州的寒山寺因为张继《枫桥夜泊》中的"姑苏城外寒山寺,夜半钟声到客船"而更具影响力,更有文学的气息。耦园和留园是我们去苏州园林的两大景区。我一直以为耦园里是去看大片大片的荷花和藕的。其实并非如此,导游向我们介绍了耦园寓含的真正内涵:耦,通"偶",寓夫妇皆隐意,唯美的爱情故事。留园呢,有吴下名园的美誉,中国四大名园之一。

前段时间因为《爸爸去哪儿》的节目很火,我记得去南京采风还没定下来的时候,我们天天冲着张老师喊:"旺旺,旺旺,我们去哪里呀?"哈哈。采风,使我们开拓了视野,增长了阅历,留下在花雨的美好纪念。

花雨在4位指导老师的管理下,呈现出一片硕果累累的辉煌。正因有了张老师的诙谐风趣,陈老师的悉心教导,杨老师的认真负责,孙老师的博学多识,花雨才越办越好,香飘四海!

我们见证了花雨十几年的成长,也在花雨的伴随下逐渐成熟。让我们托起文学的梦想,在花雨这片新天地中学会写作,学会做人,为花雨的明天播洒希望!

我的梦想

文 / 余明静

很小的时候我是一个善于做梦的孩子，梦见花，梦见风，梦见精灵与神明，然后把它们记在心中发酵成型，把那些奇幻的故事讲给朋友听。后来我开始看第一本书，开始遇见更多可爱的角色，开始幻想，开始做梦，我渴望把我的故事记下来，用我尚且稚嫩的文字。

《西雅图夜未眠》中说，你每天都在做很多看起来毫无意义的决定，但某天你的某个决定就能改变你的一生。而我的转折就在我决定提起笔的瞬间，从此因看到一个动人的故事而欣喜，因写出一个精致的句子而开心。

但追逐梦想的旅途并不是一帆风顺的，我写的故事被老师当作不务正业，被父母当作影响学业的东西，被贴吧和群里的大神们吐槽批评，我迷茫且不安，像一只困兽。有一段时间我急切的想要证明自己，可拿起笔却写不出一点东西，很多故事在脑中沉淀却无法倾诉。然而坚持，往往是一个人走在荒漠里，烈日炎炎，近无帮助，远无希望，还要继续走下去的感受。我曾经沉在两米的泳池中去感受窒息，曾经站在烈日下去感受灼热，曾经奔跑在狂风中去感受风的呜呜，去看去听去想去经历，来还原出最真实的文字。我也渐渐明白，总有这样一段时间，是在成长中必须经历的，无人可以接近我的灵魂，注定要一个人承担。

我开始成长且踉跄着前行，第一次发表，第一次获奖，第一次做到那些我曾经不敢想象的事情,再回望时我无比感激那个挣扎着不放弃的小小的自己。圣埃克絮佩里在《要塞》中写道:"当我说到山,意思是指你被荆棘刺伤过,从悬崖跌下过,搬动石头流过汗,采过上面的花,最后在山顶迎着狂风呼吸过的山。"我感谢那些挫折与困顿让我成长且坚韧,也期待未来有着狂风的山顶。

选择

文 / 徐莹莹

我出生在七十年代的一户农村家庭中，是家中的老小，上面有两个哥哥。父亲是一位教书先生，算是村里难得有文化的人，写得一手好字。母亲是一位普通的妇女，养育着三个孩子。

小时候，科技远远不如现在发达，没有电视，更没有电脑。每天盼着放学的时候同伙伴在田间玩耍，逗蛐蛐，"斗鸡"，吃桑果。在农村有很多的桑树，桑果成熟的时候，经常去打桑果，吃得满手满嘴发紫，洗也洗不掉。那时候桑果还是很普通的野生水果，非常容易吃到。

纯真的孩提时代总是容易过去。比我大几岁的二哥没有念中学，扛起锄头下了田。我是幸运的，上了镇上的初中。或许是因为身边大多数的人都从事体力劳动以维持生活的平稳，上了学，念了书，总希望有些不凡，便想着有份轻松的、依靠脑力的事业。只知道那样的人是凤毛麟角，是出人头地的。

于是中考的时候报考了中专，单纯地希望考上中专，毕业后能够分配工作。当身边一些同学陆陆续续离开校园，踏上一条我尚不清楚的道路，我迷茫了。我不知道这条道路将会面临着什么，我也不知道我会否同他们一般踏出脚步，但是我仍是希望读书的。所以，虽然最后只考上了普通的高中，我也没有放弃。那时我只知道上了普通的高中，便只有考上大学才能拥有机会。我尝试着将自己从考试失败的阴影中慢慢解脱出来，父亲也不再因此说什么。于是我选择了继续。

我上了高中，离家远了些，在柳市镇上的高中读书。

每天早早地起了床，跑到饭堂旁砌起来半人高的浅石井边，一人把住了井口向下放桶，一人稳住放桶的人，一人再就着绳子向上拉，三人合力，这才舀上了水。匆匆洗漱完，领了大白馒头，往教室里赶。

冬日里早读，便是一手翻着书，一页一页大声朗读，一手揣着怀里的热馒头，边取暖，边捂得严严实实，生怕热气散了去。待到早读结束，怀里的馒头也凉了些，于是只能就着好不容易打回来的热开水，将偶尔的不甘与无奈直直咽了下去。

于是将手捧在温热的铁皮杯上，在每一个课间跑到走廊才烧开冒着热气的水炉旁，排着队，接了水，端回教室。暖了手，暖了心，直至晚自修结束。

因为怀揣着考上大学的梦想，晚上熄灯后，我仍点着油灯，在闪烁着的微弱的灯光中，在摇晃着的墙壁阴阴的投影下，将一串看得不真切的计算公式写在笔记本上，将一个个字，一句句话，一篇篇文，牢牢地记在心上。

……

那样的日子不知道持续了多久，只知道自己似乎是将一切都押在了高考上面。我参加了高考，就像考公务员一样，千军万马过独木桥。

我最终失败。

高考的失利更像是将我逼进了深深的谷底。父母劝我复读一年，只是我却生了不安。质疑考试，质疑曾经，甚至于质疑自己。我开始怀疑自己的想法是否正确，而我是否真的该那样去做。我曾把考上大学当作梦想。我虔诚地祈祷，在许许多多被白天触摸着的黑夜中对自己许诺，一遍又一遍地将这个梦想刻在心上。而最后的结果却是——失败。

我选择了放弃。放弃考大学，放弃抗争，放弃这个自己心心念念的梦。

我选择了当初身边同学们的选择。

懵懂地踏上了一条不可知的道路,一路磕磕绊绊,直到如今。多年以后才知道这样的选择也不算错误。

只是偶尔我会想,假若当初没有选择放弃,仍是坚持,结局与现在又会有怎样的不同?

女儿的话:我跟父亲的交谈是通过微信进行的,他说,梦想与现实产生矛盾时,总还是要慢慢磨合、适应,最后坚持下去。我想他或许是有些无奈的,在梦想与现实之间,他或许是有些被迫地做出了选择,只是这样的选择,终不是错误。他最后告诉我,他的微信头像便是他现在的梦。那是一片自由自在的天空。而我,也终究会在未来的每一步中,迈出自己的步伐,追逐自己的梦想。

青春驿站

右边眼角斜下来
左边眉毛高上去

文 / 张佳羽

想遇到好友 Q，就遇到好友 Q。

周五下午的校车开在斜阳里，一窗子的温暖。

校车在老地方吐下孤单的我，抖了抖屁股，向街的那头开去。

我的影子追着我的脚步，走在街道的边缘。

熟悉的丁字路口等着我。

白色的隔离栏阻止行人的畅通。

我从车流的间隙跨过去，跳过隔离栏，取了回家的捷径。

一辆闪电一样的红色跑车，吼着，呜儿一声，飘过身旁。

所有凡车瞪大眼睛，惊恐地一绕而过。

嗖！嗖！嗖！连环的凉风吹打着我，一个趔趄，胆寒。

突地觉得，众目睽睽，捷径很羞耻感。

期愿 Q 别冒这个险，规范地走自己的路。

Q 应该出现，但还没有出现。我很孤单。

真的不想这么早回家。我很渴望遇到 Q。她和我住一个院子，比我小，又不在一个学校。

她喜欢文学的我，也喜欢单纯是姐姐的我。

我每每想她,她每每从虚无到现实。

果然,又在我希望她出现的地方出现了。

她挡住我的去路,我喊她,她转过背去,与我书包碰书包。

"悠闲一会儿?"

"悠闲一会儿。"

绕着院子转圈,大脚,小脚,你跟着我,我跟着你。

上健身器材蹬蹬腿,甩甩腰,啊哈哈,啊哈哈,摇落一地开心。

我说Q,我爹就想不出起这么个名。

她说我阿爸就能想到。

我说打牌你是皮带。

她说不是皮带,是圈儿,圈住你。

我说上腾讯我"扣"你。

她说那不叫"扣",叫亲密地锁定。

我说中国汉字千千万,你的名字有点数典忘祖。

她说我怎么就数典忘祖?名字充其量是个符号,如果能改,我还可以叫小写"1",可以叫大字"一",可以叫方块汉字"壹",可以叫拼音"yi",也可以叫英语"one",还可以叫国际音标中的一个音节"E"。当然我还是叫Q,中国的洋人,洋人里很中国。

我说你上户口没有遭拒?

她说这不归我管,归阿爸。文化多元,想拒都难。

啊哈哈,啊哈哈,一句天上,一句地下,我套不住她,她滑脱于我,真是乐开花。

瞅见花园里的老猫咪,不约而同扑上前去,看它,唤它,亲近它。

老猫咪的身边有小猫咪在叫。这是它的儿子。或是它的女儿。它护着它,很警惕。

我企图伸手去抱抱小猫咪,老猫咪变脸。

Q强行去抱小猫咪,老猫咪打了她一爪。手背上四道痕。

小猫咪超可爱。它是老猫咪的宝贝,不是我俩的玩具。

闲闲散散地踢一块石子,引得一条小黑狗竖起耳朵,趴在地上冷丁地看。

逗逗小狗,它认生,呲牙,发狗恨。怕破伤风,狂犬病,怯了它了,躲远点。

Q笑我们没出息。我笑我们没胆量。

Q右边的眼角斜下来,我左边的眉毛高上去。

瞪瞪瞪,桃花开——杏花开,梨花开——玉兰开……

正玩在兴头上,头上的窗子打开:"快回来呀,磨叽啥呢?"

再熟悉不过的声音,召唤了十多年了。

学习的压力,天没黑就灌顶下来了,泼一头的沉闷。

收住小小的自由,分手吧?

回见,姐!

回见,Q!

凌晨三四点钟的人

文 / 赵登怡

（1）

伏在案前,看着模糊不清的电脑桌面,左手旁心爱的小台灯绽放着微弱的光芒,与我一道坚守在黎明前的黑暗中。

守着黑夜,聆听空间不断循环的歌曲,右手旁拳头大的鼠标孤单着度过寂寥的时光,与我一道处在等待着光明前的闲暇中。

成都从来都和夜凉如水扯不上半点关系,可是今夜所有之前的遐想都被此刻的寒冷凉到面目全非,我不停地抖动着双手,摇摆着桌椅,唏嘘叹气。实在忍受不了这刺骨的寒冷,我穿上了短裤,披上了心爱的衣服,然后走出了寝室。顿时一股暖流扑面而来,那种暖比爱人的怀抱更胜一筹,比恋人的亲吻更火热一些,比情人的缠绵更悱恻一番。我尽力吮吸着外面的空气,不想走进孤寂的寝室,感受寒冷的滋味。

整个客厅空空荡荡了无一人,阳台中存有微弱暗黄的光芒。隐隐约约着可以看见一些名牌杂牌鞋,同在一个屋檐下,差距就在那里不言而喻。转身如厕,镜子前的灯不知被哪个好事的家伙关掉了,洗手间的却依然亮得发烫。我打开了灯,看了看镜子中头发凌乱的人儿,同情心竟油然而生。摘掉眼镜,用冷水冲洗一把脸,整个人顿时清醒了许多。然后又习惯性地将了将头发,又是一个大背头,看来这发型是永远改变不了了。我曾经尽力改变那让人生厌的发型，那让人憎恨的恶习，但是一年、两年、五年过去了，生活还是那样凌乱，没有丝毫改变。换句话来说，这些年从没有进步，还是一如既往。喜欢做一件事，喜欢一个人流浪，喜欢一个人走到没有人熟知的世界。

泡一杯咖啡，应该是这周的第一杯吧。昨日室友买了一包咖啡便和他共享了，有时候不得不承认人以群分，物以类聚。这些年自己除了喜欢打篮球的，就是喜欢喝咖啡的，我竟找不出除了这样的朋友还有什么样的朋友。有时候逼着自己戒咖啡，但是又怕自己戒了咖啡也会戒了你们。所以我始终保持着若有若无的习惯，那样我们在一起的时候是不是会有更多共同的话题。或许是我为自己找借口而已，我从来不是一个喜欢喝咖啡的人，就像你从来不曾喜欢过我一样。我习惯性地选择喝咖啡只是会想起你是否也会习惯性地想我。可是后来的后来我恋上了咖啡，同时固执地以为你也会爱上我。

夏天Alax的"不再联系"再次在耳边回荡时，已是凌晨四点钟。"我和你断了联系，不代表我不想你，走到哪里还是会有惦记……"常常会听到这句话"喜欢一首歌往往是因为一句歌词，但真正打动人的却是关于歌词背后的故事"，我曾怀疑像夏天这样有才有名有钱的人怎会也有失意、不堪回首的过往呢？但事实证明成长的道路上我们都是受害者，而且只能一直往前走，没有退路。从我们有退路的那一刻起，或许离生命的终点也将不远了。凌晨三四点的人儿，请爱惜自己的生命。这个世界你们能在乎的或许只有自己的生命了。我们无法选择自己的出生，无法选择已经安排好的人生道路，也无法预知自己的未来，那么只能爱惜自己的生命。

感觉这个日子应该谈一些和高考有关的事应该比较合时宜，也罢。远在老家还有很多像我们那年一样经历补习的人将在今天决定自己的命运，也会有很多人重复我们曾经走过的路，尽管如此，也请你们不要放弃。说一句站着说话不腰疼的话:"未来是美好的,前途是光明的,现实是残酷的",外加一句"革命尚未成功,同志还需努力"。记得堂哥曾告诫过我:没有补习的人生是不完美的。有点遗憾这句话我没有告诉婕,但是相信补习一年后的她会蜕变,会涅槃。今天本来是要和你聊聊高考的事,可是你的电话总是处于关机状态,所以只好抱歉了。不过这样也好,没有外界的干扰,相信你会考得更好。去年的高考,我们几个哥们儿离开了曾经被视为魔鬼的高中,现在想来还是有点遗憾,可惜没有和你一道再补习一年,再打一年篮球,再看几次你被男生误认为男生的尴尬。那样的乐趣今后很难发生,不是不愿意陪你再补习一年,只是哥们儿已经老了,经不起瞎折腾了。走到路上被人喊作叔的那一刻起,我知道自己已经老了,也应该学会成长。可惜几年过去了,还是和以前没什么区别,总是入夜难眠,总是习惯性地被噩梦惊醒,总是习惯性地忘记应该做的事,总是习惯性地忽略了很多人。

我不知道自己是否在乎亲情,私下想还是很在乎的,但总是忽略了很多人。表弟今年高考,我只是在前晚和姨父通电话互相寒暄了几句,得知他体育因为伤的缘故只考了200多分,感到很遗憾,但又无能为力。昨晚跟他打电话,又不知道说什么,嘱托他以平常心对待,别在意,大不了再补习一年。或许这些话在我的口中说出看似很平淡,不知道作为兄长我的话对你有没有帮助,但是只能如此。但愿我凌晨的祈祷为你带来好运,我不奢求你能飞上枝头变凤凰,只求你自己问心无愧,对得起自己这些年的劳累。

远方的朋友,我不知道该如何称呼你,因为那些都没有意义,重要的是心灵相通。虽然我们相识于虚拟世界,但又这么相似。相似的经历让我觉得这不太现实,好似网络游戏般虚拟无处追寻。北理工是很多人梦中的天堂,而你对它不屑一顾,毅然决然选择在春光乍泄的四月华丽离开;东农不仅是有志之士的终点,也是徘徊一本之人的最佳选择,我独自逃离了梦的起点。篮球是身高马大之人的特长，而你正好匹配这样的荣耀；我虽不及你那样的身高，但对篮球情有独钟。我不知道年少的爱到底有多重有多厚，但是我看到你一往情深，彻底被深深折服。你的文笔，你的文字，怎一个好字了得！感谢你分享你的美文与我，我粗略的评论有点大言不惭，还望勿怪。今夜得到你前两科的捷报甚是喜悦，虽然我的能力与你相比简直小巫见大巫。那年我蜕变了，当然这年你也不会有例外。日月光华，旦复旦兮。祝你好运。

　　起风了，窗外的石榴树又开始耐不住寂寞，迎风招展。

　　夜深了，窗内的人不自主地开始伸展懒腰，睡眼朦胧。

　　台灯暗淡了许多，眼睛模糊不清，循环歌曲依旧唱个不停。凌晨三四点钟的人是不是该睡了呢？

Tik Tok

文 / 陈盈颖

（1）

你，夏安，带上耳机听 Ke$ha（卡莎）的歌时，就注定了我们之间故事的开始。

我，梁悠，坐在你前面。

伸手接过银白色的耳机，旋律缓缓流淌着，丝毫没有留意到上课铃打响。

这样的事情不止五六次了。只是这次，我的耳朵在猛地站起来回答老师问题时被拉得好痛。

你在后面哼着不成调的歌，信心满满地说，原创才是最好听的。

我揉着耳朵坐下，窗外的两只喜鹊正叽喳地打闹。

"老师的存在感太低了，长得和空气太像了！"你在后排嘟哝着。

一节课就这么地溜过去了。窗外的太阳快落了，天空一半是甜腻的粉红，一半是奇葩的紫色。

你骑着你骑了五年，却像新买的一样的单车，在操场边徘徊，望着夕阳，仰起脸，缓缓地呢喃："我们是朋友，永远……"

云儿变成金色的，染满了整个天，整个美丽的时代。

熄灯前，我靠在你的肩上，看着墨蓝的天，和几颗闪烁的星，一本正经地问你几个哲学问题。你喜欢哲学,我知道。自从那时,我才知道有个人叫苏格拉底,也顺便补了补雅典的历史。你说他其实很幽默,就像我一本正经问你问题时一样幽默。

你说你和我做朋友,还有一个原因,是我的头毛茸茸的,摸起来像鸟头,像你已经死去的鸟的头。她,陪了你两年。

你经常唱《Your Love Is My Drug》,你说你喜欢Ke$ha唱这首歌时的头发,这也导致每次在Ke$ha唱歌时,我最仔细看的是头发。

只是因为对方,我们都改变了很多,对吗?

喜欢Ke$ha的第四个月十八天,你说你不想唱歌了,不想唱所有的歌。

(2)

"新一年度的大队主席要开始选举了,每班三个名额,梁悠和夏安是肯定的,我们还要再选一个……"老班在讲台上慢悠悠地踱着步子。

我会心地向你望了一眼,可你并没像往常一样,心有灵犀地望着我。

寝室走廊,就听到你的哭声。

一定出什么事了。

果不其然,你被围在当中,旁边一圈的人。

"梁悠,没想到你是这种人!"寝室长叫了一声。

你的哭声更大了,仔细打量,你的头发上,衣服上,全是垃圾和砸烂的番茄。

我愣住了,不等我发话,一帮人就拥着你出了寝室。

这是怎么了?

我傻傻地站着,手中刚去偷买的Ke$ha专辑《Warrior》摔在地上,发出凄惨的声音。

"梁悠偷偷用番茄砸正在当志愿者捡垃圾的夏安,并用恶毒语言攻击"的消息以超光速传开了。

我呆住了,一个小时内容说不清楚一句完整的话,却又被认为是作贼心虚,亲爱的夏安,你认错人了吧?我怎么会那样对你?我们的友谊不是像Ke$ha的$一样多的吗?怎么会这样?

你不再和我说一句话。

"没想到你竟然因为要选大队主席了,嫉妒夏安这样伤害她!"同桌愤愤不平地指责着。

"我真没这么干!我……"我有口难辩。

"那你在夏安捡垃圾的时间干什么了?你有不在场的证明吗?"

"我……"去说偷偷溜出学校买Ke$ha的专辑吗?被老师知道,大队主席别提了,这可要处分的……

总之,这次,不管怎样,大队主席是别想了。

"可是……"我喃喃嘀咕,"夏安这么做是想让她自己当大队主席吗?"

夜凉了,依稀几颗星挂在天上,轻轻唱着Ke$ha的歌,偷偷地落泪。

再也不会有人陪我一起唱《Tik Tok》了,再也不会有人在生日时将Ke$ha的海报贴在寝室门口了,再也不会有人,在夕阳前,举起一只手,发誓做一辈子的朋友了,再也不会……

你为什么一瞬间就变成了这样?而且,夏安,你忘记了当初的誓言吗?

你的回答比我想象中的还要简单,"嗯?"似乎早已忘记,准确地说,似乎从没有发生过。

你说你确实这么过,但只是过去,你说自从我背叛你后,就没有什么誓言可言了,你说,人是自私的,你还说,我最好不要去烦你,你恨我。

背叛?

哦?那次吗?

选谁去代表学校辩论时,剩下你,和另一位同学。

我确实没有选你,因为你的口才确实没有他好,你成绩好,但表达能力差些,这你也承认。更何况,我们学校已经连续九年得奖了,今年成功就十年了,可不能失败!

但,我实事求是地告诉了你,我没有选你,你耸耸肩说无所谓。但你终究还是没有忘记这件事,可你当初为什么要口是心非?说的那么得淡然?

你让我好失望。

誓言,简直是一个泡泡,不捅都会破。

(3)

"叔叔,你的包!"一个五六岁小孩跌跌撞撞地跑向他前面的中年人。

"噢。"中年人步履匆匆,提过包后继续走。

小男孩却一把拉住中年人:"你还不能走,不能走……"

中年人皱着眉:"你要抢劫啊,帮我捡个包还要我给钱,算了,现在的小孩真是比大人还精明哩!"中年人掏出几枚硬币。

小男孩摆着手:"我不要哩!我在等你说谢谢!"

（4）

已经好几个晚上梦到我掉进了大海，喝的水全是泪的味道，醒来，发现眼角全是泪。

我应该大哭一场。

快毕业了，哭一场也无所谓了。

坐在寝室楼顶上，凉风习习。散落的星无精打采地歪斜着几颗。风呜咽着。

泪水一滴一滴地滑落，思绪一点点打开。

向苍天诉说着初识时一起听歌,两个人一本正经发誓。夕阳下,我们坐在单车上,轻声唱《Tik Tok》。午后躺在草坪上,说着Ke$ha的新歌。

一切都过去了。

我由无声落泪变成号啕大哭,向天哭喊着"Ke$ha forever!"

不知怎么就到了早上。

身上,披着你——夏安的衣服,你什么时候来到了我身边?

可,你在毕业前终究没要回你的衣服,也没和我说一句话。

(5)

时光荏苒。

(6)

两年后的上个月,匿名的包裹,寄到我家,打开包裹,是从美国寄来的,曾经我送给你所有的纪念版海报和一张新出的专辑,以及你草草的字迹:You're right, Ke$ha forever!

顿时,我泪如雨下。

少年啊少年

文 / 姗姗来迟

当程同学紧抿双唇,双手放在肩头死死扣住双肩书包带站在教室门口时,我不禁笑了——在男生普遍开始背军挎藏菜刀的子弟校,他的双肩包和闪亮清澈的眸子,的确……可是老师的手指点了点,我便笑不出来了——他坐在了我旁边,成了我同桌。

老师说:"你要帮帮他,他落了些功课。"

他也很绅士老成地对我点点头:"谢谢。"

我说:"不谢。"面无表情地看着他把双肩包小心翼翼地放进抽屉,把书整理得规规矩矩,再坐得笔笔直直。

我在心里说了好多遍:"黑牛!黑牛!走开。"可是,我没说出来,只是很郑重地用铅笔重新描了一遍桌面上的三八线。他看了看,身子轻轻缩了缩。

他的确不好玩。

上课总是嘴唇闭得紧紧地,目不斜视、神情狠狠地盯着黑板,似乎想要把黑板活吞下去。回答老师问题很积极,带着点方言,然而总是答非所问,或是谬之千里。在全班的哄笑中,他黑黑的脸略微红红,背挺一挺,看黑板看得更狠了。老师总是略带迟疑地看看他,不带点评地又讲下去了。

如此多次,我都笑累,笑烦了。一天,我用铅笔捅捅正在埋头写作业的他，他脸又涨红了一下，把胳膊往他那边挪了一挪。我又捅他，他再挪挪，始终不抬头，不吭声。咦，大蜗牛呢，好玩，于是从此我无聊时便以捅他看他缩手为乐，有时捅不解闷，便直接揪他。当然也不会太狠，毕竟他黑黑壮壮，听说是跟他爸在野外勘探时跋山涉水练出来的。这也是他功课撂下一大截的原因。

他一般不理我，怒了就瞪瞪我，鼻子里面哼一声，说："看在你给我讲题的份上，哼……"

如此过了约半学期。

一天，年轻漂亮的数学老师费力地讲完了一道题，问大家："懂了没有？"全班齐刷刷地回答："懂了。"只有我低声嘟哝了一句："用得着这么麻烦吗？我的解法要简单得多，也能推算出来呀。"谁知他此时灵敏如豹，双目炯炯地对我说："你有更好地解法，去告诉老师啊。"我看看一向美丽骄傲的老师，使劲摇头。破天荒地，他居然主动低声给我说了好一通话，直夸我聪明大方，鼓励我去告诉老师新的解法。我还是摇头。

如此磨叽到下课了。教室里哄闹起来，老师转身要走了。他声音提高了："快去呀，那么简便的解法。"我还是犹豫着看着老师。这厮居然一拍桌子大吼起来："把你平时欺负我的勇气拿出来呀！"全班顿时哑然，看着这头羊做狮吼。老师看过来，一脸茫然："怎么了？"他居然一脸笑意，推着我就走到老师面前："老师，苗苗有问题要问。"

我觉得脊背一冷……

忘了这事是怎样一个结局，但从此我觉得这厮不简单。

那年我们大约十一岁，五年级。

很快，他的成绩提了起来。随之而来的，是他的精神气和人气，时常也有女生围着他的座位唧唧喳喳，而他，总是很耐心好气地听着，偶尔也说两句。

小学毕业后，我们男男女女一大群人去河边进行了一次集体狂欢——野炊。在或生或糊的烤肠中，我们吃出了初次离别的味道：一边笑着，一边吐出苦苦的糊肉团，说："好难吃。"眼泪就出来了，用手一抹，脸上全花了，然后又笑。俏皮的侯东不知从哪偷来一只笛，呜呜啦啦吹不成调，大家却抢欢了，还有两人就在河里打了一架。这次，崔莺子就几乎全程跟着他。

初中，分班了，我们一墙之隔，却几乎鸡犬不相闻。偶尔楼梯口遇见，也只是晶晶亮亮的眼神，很有涵养的一个点头微笑。

高中，不同校，他连同经常带着的那顶黑帽子，在我的视线里消失了三年。

一晃眼，高中毕业了。我如愿考上大学，程同学也是子弟校那届毕业生中硕果仅存的几个本科生之一。也没有打过照面，我们各奔前程。

四年后，我们再度聚首。

当他略带腼腆却绝对自信地在同学群中站起来跟久违的人打招呼时，我有点惊愕：这厮，还是那样黑，只是不知何时已冲到一米八左右的个儿了，颇有点玉树临风的样子。眼睛依然是晶晶亮的，只是内里水分和内容更多。他站起来时，旁边一个小小巧巧的女孩子也贴着他站着，眼里笑意盈盈，不时侧脸深情地看看他，垂在胸前的两个小马尾也不时温顺地轻摆。这就是他的女朋友了，据说才考上研究生，赴外省前趁着这个假期来拜见准公婆的。

那晚，一群阔别多年好歹也算学成归乡的同学，无所顾忌地笑呀，唱呀，因为几天后，分配的具体方案就会出来，都在父母的单位，大家的去处都不会太坏。当程同学和他小鸟依人的女友一曲合唱完毕，满座皆惊，纷纷祝贺他俩郎才女貌，珠联璧合，尤其是单身的男同学，跟程同学的酒杯，碰了又碰。其间，准婆婆还专门给女友送来了要吃的药，千叮嘱万叮嘱的，那种宠爱，让女生们一阵尖叫。该女生也只是笑笑，与程同学对视一眼。

再次告别，各赴岗位。

再见，又是一年后。这中间，阿卓不安现状，已辞职考研；老王也已离职去地方高校，我呢，是率先跳槽到地方的一位，安安心心做了一年孩子王。据说，程同学到岗半年，就被委任为下设厂子的副厂长了。这一同毕业的人，他的进步无疑是最明显的。

还是老地方。当我哈着白气走进那家名叫深深海洋的茶吧时，人几乎已经到齐了。有的人在斜靠着沙发聊天，有的人在咋咋呼呼打牌，还有的在故作深沉看电视。只是一年的职业时间，有的人已经明显胖了一圈，抽烟的样子也明显要老道许多。

徐徐不开饭。我正纳闷儿着，门一开，一股寒气袭来。紧随寒气而至的是一道黑影：黑帽子，黑长发，黑大衣，黑长靴，只是皮肤白白，嘴唇红红，腰身紧裹，双眉紧锁，一股冷艳之气逼人。打牌正咋呼的人一下子静了下来，我也愣住了，是崔莺子！这是第一次出现在我们聚会上的人啊，因为她初中毕业后，便去了本单位的声讯公司，从未参与这群考上大学的同学的聚会。

就在我张口结舌没打出招呼的当儿，程同学已经健步如飞迎了过去。莺子立马笑颜如花，两人拉着手入了场。沉寂片刻的大家很快回过神来，继续咋呼着，只是，总是觉得少了一点什么。很快，大家的声音都小了很多，只是不时听到莺子分外兴奋略带夸张的大笑，这是十年前我们就非常熟悉并且相当反感的声音。当她的笑声力挫群雄时，我便与身边最近的人面面相觑。

聚会没有闹腾得像以前那样久。除了程同学与莺子，大家似乎都有一点怏怏的意味。散了后，几位同学一起回家，大家闷闷地走在大桥上。

"他真是疯了，用金镶玉换了破瓦！"终于有人愤愤地说道。

"不知道嘛，据说莺子给了他一封信，说从初中开始就喜欢他，这么多年一直在等他。他说他没有办法不感动。他妈连自杀都拦不住他跟原女友分手。"有人接口道。

"连这个也信！这么灵光的人！"那人还是忍不住愤愤，却没有再说话。

大家都沉默了起来。

深夜里的涪江升腾着蒙蒙的雾气，两边的娱乐街的霓虹，在江水的起起伏伏里闪闪烁烁。不知怎的，在迷蒙江水里，我看见了她的前女友那浅浅的笑和顺顺的马尾，而一闪，便是另一种婆娑迷离的眼波。据说，那个女孩子是与准婆婆抱头痛苦后一路哭着走的。

离得离，散的散，20多岁的光阴一下子显得扑朔迷离起来。

我也离开了老家。

又是几年后，我在老家的商场晃着，赫然看见莺子。她衣着简洁，面容沉静，正大着肚子在挑选着婴儿用品。我对她笑笑："怎么一个人呢？"她也笑笑说："他是警察，今天值班。"

此时，距程同学离开此地大约也已有四年了吧。他们说，他是去了腾讯公司，他的程序设计顶呱呱，是个高层来把他挖走的。

偶尔，我还会想起一个黑黑的男生紧抿双唇双手放在肩头死死扣住双肩书包站在教室门口的样子，只是，这回这个，应该是他的孩子了吧。

奋斗铸就成功

文 / 宋明洁

人生离不开奋斗，受挫几次固然让人沮丧，但并不意味着山穷水尽，真正可惜的是你厌倦了奋斗。

四年级下学期，我幸运地被选进学校合唱队，成为其中的一员。我怀着忐忑、好奇而又激动的心情进入音乐教室。那天宋老师先让我们练习音准，她在黑边上写了一个字，然后对我们说："你们就想象这个字是一堵墙，要用你们集中起来的音量冲破它。但不是光喊，要用正确的方法。"听了宋老师的话，我们又试了一次，可还是没达到这种境界。第二天，我们继续练，在宋老师的指导下我们唱得比上一次好多了，可唱着唱着又保持不住了。直至第三天，我们才掌握了发声诀窍。

就这样练了一个星期，我的嗓子开始发疼，就像是有一根刺在往喉咙里扎，任凭我怎么吃药就是不见好。实在是熬不下去了，我要退出，我不想再受罪了！陈俊安也说不行了，不能坚持了。"什么嘛，简直就是受罪，这讨厌的合唱，害人的合唱，早知道就不参加了。"樊小颖愤愤不平地发着牢骚。"就是嘛，我也不想参加了。"田金宇撅着嘴嘟囔着。"哎，可这也没办法，既然参加了就要坚持下去。再说了，这也是为学校争光嘛。"一向很有领导能力的班长刘佳昱说道。

再坚持坚持吧，等比赛一结束，我们就解放了。我这样安慰自己。

一个星期，两个星期，三个星期……终于到了比赛那天，宋老师路上跟我们说:"一定要微笑,给评委留个好印象。用平时的方法唱,放平心态发挥自己的水平就好。"听了她的话,原本信心不足的我不由得舒了一口气。

终于到了比赛地点,当大屏幕上显示出我们的参赛曲时,我的心像打鼓一样"咚咚咚"直响,手心里也冒出许多汗。站在演唱台上,灯光"啪"地一下照在脸上,我的脸顿时感觉很热,逐渐发烫,而我的心更烫。虽然有四五十个同伴,还是有一股紧张的心情涌上来。伴奏声响起,我深吸一口气,定下心来,镇定地唱着。比赛终于结束了,成绩还挺不错。

歌德说过:只有这样的人才配生活和自由,假如他每天为之而奋斗。我想这样的人就是奋斗的人,就是成功的人。

致青春

文 / 孔洁

你走来的时候,我还尚未察觉,转身一瞥间才惊觉你的存在。于是在你清澈的眼眸里,我望见了我的面容和整个世界的倒影。

我看见的你总是那样安静,许是因为你是江南丘陵间走出的女子。故乡虽没有十六骨油纸伞和长长的雨巷中细碎的脚步声,那儿的山水终在你身上烙下了不灭的烙印。你开始习惯低头走路,习惯在喧嚣的人群与市井中保持缄默,习惯独自一人埋首书中或静静思考,安静一如枝头的白色柚子花,不懂得争吵或抗拒什么,即使是风雨。

有你在身边,我逐渐学会把所有的话语浸在微笑里,等待着能读懂它们的钟子期。

然而你的安静又绝非陶潜或陶弘景的归隐避世,你的安静藏着除了我没有人能明白的固执和骄傲。很早很早你便开始冷静地面对一切,开始思考人生和未来,开始探寻那星空上永恒的真理。沉默给了你太多时间思考,思考又给了你太多自信和骄傲。你终不甘被缚住手脚,被一辈子捆在那个小小的故乡,不甘自己的名字像千千万万人一样被写在沙上,人生如此浅薄,仿佛风一吹便要散尽。你想证明自己,很想。

我懂得,却不知该对你说些什么,只能和你站在一起,看日月星辰东升西落,在文字里在歌声里拼命张扬所有的梦想和骄傲。

所以你热爱生活热爱生命,热爱一切跟希望和远方有关的字眼。你常常念叨《马丁·伊甸》里的句子："他是个没有过去的人；他的未来是即将出现的坟墓；而他的现在就是生活里这苦涩的狂热。"你总以为那是百年前杰克·伦敦对你的描述。你渴望旅行，天南海北各处都去，你总能梦见西藏的布达拉宫，美国的密西西比河，巴黎的埃菲尔铁塔，秘鲁的马丘比丘和新西兰的几维鸟。你说现在这些对你来说是无法企及的目标，可你不愿就这样屈服，你坚信有一天你会用双脚而非仅仅是书本来丈量这个世界。

我在你身边微笑，把这些地方的名字一个接一个记在心里，记在未来。

有时候我会分不清我们俩究竟谁是谁的青春，我会忘记是你先来到我身边还是我先望见你的侧脸。可我知道这并不重要，因为你便是我灵魂的一部分，我便代你去触、去闻、去拥抱这个世界。我相信你来了便不会离开，纵使有一天我已接近暮年，我也会感觉到青春的热血仍在胸口涌动，感觉到那个安静、骄傲又充满希望和梦想的你在我灵魂深处微笑。

我知道并坚信，有你，这辈子我便再不会老去。

十七岁的雨季

文 / 万亿

她说过自己不喜欢他的,当她因为他拥有了别人时,不知为什么那么落寞。

她想起了那个寒冷雨季的夜晚,啜泣着抱紧他的时候,对他说……你不要离开我……不要再跟我失去联系……

(一)

在和佳明分开两年多后,我终于忍不住又上网搜到了他的微博,于是,我迫不及待地把他放进了"悄悄关注"那一组。然后,坐在电脑前,一边喝着可乐,一边好奇地把他这二年多来的每一条微博都翻看了一遍。

关于他的点滴生活,好奇了又能怎样?我又不好意思去问。

那天,我看到他发了一条生日祝福给一个女生:我第一时间来祝你生日快乐!

"好有心哦,现在才零点。"女生回话后面还留了一个笑脸。

原本是与我毫不相干的一条生日祝福语,不知为什么,让我在心里酸涩了好几天。

说来我也与他相识多年,却也从未在生日当天收到过他的祝福,可见这女生对佳明来说有多重要。

放暑假，初中同学搞了一次同学聚会。也许，这是高考前的最后一次闹腾。

在离原初中不远的一个大排挡，我遇见了佳明，他身旁坐着同样是我们初中里的女同学果果。从他俩的眼神里，我敢肯定，这个果果就是微博里的女生。

我不愿纠集在这种三角对阵里，转去另外一张台。

突然有人突然开口嬉闹说："真不明白，你跟佳明同桌三年，怎么就不来电呢？"

我一愣，原本心里就觉得不爽，他这话直接戳中了我的痛处。尴尬在脸上还没来得及散去，果果又走过来敬我的酒。

我不知道佳明为什么会过来替我打围，还极力为我申辩。我确实滴酒不沾，连啤酒也不能喝。

"你说我跟娅丽啊？同桌三年，要在一起的话，我初中就可以向她表白，可是，我们太熟悉对方了，真的不合适。"佳明说完这话的时候还特意扭过头来笑嘻嘻地看我。

我只好也尴尬地笑了笑，却心虚得没有接话。在别人看来，或许他说得有几分道理。

"我怎配得上她啊。"佳明的回答令所有人吃惊。

那时的我在班上成绩好，又是班花，性格高傲是自然的，而佳明只是一个普通的男生，班草的级别都达不到。没想到，两年多没见，他却突长成了一个英俊的阳光大男孩。

初夏的夜色还有些深沉，我觉得自己的心口也很闷很闷。

（二）

什么叫做配不上啊？

那次以后，我们的交往多了起来，我曾很多次就这个疑惑，想听佳明的解释。可惜每次他总是呵呵一笑敷衍过去。

我和佳明在初中是同班，果果是初二才来的插班生，她最先接近的是我身边的几个好姐妹，不知什么时候起，果果也成了我的小圈子里的死党。她开始频繁地找我聊天，中午一起去食堂打饭，上体育前也会把之前准备好的矿泉水递给我。所有的这一切，不过是为了跟我多聊几句佳明。

其实，我早就感觉到了她的企图，那时的我天真的可以，总觉得果果这样明目张胆的计策是不可能成功的，因为，男生都喜欢围着漂亮女生转。

再说，佳明虽然跟我同桌，平时交情也不错，天生男生就比女生成熟晚，他除了傻呵呵地笑，也根本不知道有女生在偷偷关注他。

那时候我深信，只要自己稍微放下一点点高傲的架子，班上任何一个男生都在我的掌控之中。

果果卑微的模样让我断定这一切只能是她的一厢情愿。

直到有一天傍晚，原本循例跟我一起坐地铁回家的佳明突然说有事。我愣了愣，还没来得及开口问他要去哪，他已一脸神秘兮兮地向我挥挥手，转身消失在人流里。

这事我也没太放在心上，可是，连着几天他都这样。后来，有同学私下议论说佳明跟果果好上了。像佳明这么老实的男生也会早恋？鬼才信呢！

早恋，在初三同学中还是很忌讳的，没人敢明目张胆。

为了照顾他的情绪，周末，我在地铁口堵佳明。远远地看见他乐颠颠地朝这边走来，果果跟在他身后。

"真没想到，不过还是恭喜你们。"

佳明先是一愣，然后慌忙解释："你……误会了……真的。"

什么真的假的，跟我有关系吗？再看他身后的果果，落寞地一声不吭，低下头踩着自己单薄的影子下了扶梯。

夕阳原本温柔，折射过来的光线却莫名刺痛了我的眼睛。

我不会去早恋，也并不喜欢佳明，但看到他和别人在一起时，不知心里为什么突然有些难受。

（三）

在被人强行灌下一小杯啤酒后，我开始酒酣耳热。有人开玩笑地问我喜欢过谁，在场的人纷纷屏息静气，似乎都在等我这个卑微的答案。

我当然不会让他们如愿，这时，果果正从对面向我投来疑惑的眼神，我也不会给她嘲笑的机会。所以，沉默了一下，我没有众望所归地回答那个莫须有的"没有"，而是坦坦荡荡地吐出了一个男生的名字：佳明。

话音刚落，周围的人无不咋舌。唯独果果意味深长地一笑说："佳明啊，我帮你搞定。"

她的话令所有人目瞪口呆。果果和佳名不是早就好上了吗？难道是同学之间瞎传的？还有微博上的那些祝福语……

我曾天真地认为，像我这样漂亮而学习优秀的班花，被无数男生追捧是理所应当的，但是，令我没有想到的是，这个原先在我眼里并不特别优秀的佳明却一点也不仰慕我，这使我的自尊心受到了极大的挫败。

正是因为这样，我才虚荣地说出喜欢佳明。

佳明对我的表态没有振奋般的反应，他依旧微笑地坐在果果身边，甚至都没站起身来。

也许他认为自己和果果一样是个普通得不能再普通的人，没有考上重点高中，不像我，无论在初中还是高中，模样和成绩都出类拔萃。也许他跟果果在一起才是最般配的。

我不知道果果为什么突然说出帮我搞定佳明，她的葫芦里到底卖的是什么药。

回家的路上，昏沉沉的我在心里一遍又一遍地问自己，为什么当初没看上佳明，为什么他那时长得那么一般，而现在却改变这么大，而现在自己鼓起勇气了，他却淡定如常。

后来的一段时间里，每每想起此刻，似乎都还能清晰地感受到我酒后失言的那种蚀心的痛。

后来我又上网去搜佳明的微博，他再也没发过新信息。

（四）

高考结束后，是果果主动联系我的。我们一起去逛街，一起在街边吃麻辣烫，她不停地抱怨说，佳明又和班上的另一个女生关系暧昧，如果我再不抓紧，佳明真的要飞了。

我一愣，笑了笑说："那次是喝酒失态。"

果果把牙齿咬得咯嘣响，说"你真的不喜欢佳明吗？"

我摇摇头："我对佳明只里有好感而已。你呢？我亲眼看见微博上他第一时间来祝你生日快乐，还有，你们初中时就一起上下学，难道你不喜欢他？"

她的表情停顿了一下，没有马上回答我近乎胡搅蛮缠的逼问，而是不停地往我碗里添菜，然后沮丧地说：

"你别钻牛角尖好不好。其实,我和佳明是生活在再婚家庭……我叫他哥。"

我忍不住盯着她看了好一会儿,手中的筷子夹着菜停留在嘴边半天没动。

"娅丽,你是不是真的喜欢佳明?"

"喜不喜欢又怎么样。"

这句话从我嘴里说出来更像是说给我自己听的,但不管我如何装腔作势,依然隐藏不住知道了果果和佳明不是小情侣关系的那种拨浪鼓般喜悦。

果果似乎像是看透了我的心事,笑嘻嘻地说:"不如,我打电话给佳明。"

这顿饭加了好几副碗筷,因为佳明后来陆陆续续叫来了好几个老同学。散伙时,大家一起疯疯癫癫的轧马路。

夜已深了,佳明摇摇晃晃走到我身边。

"要上大学了,以后天南海北的,还不知道什么时候才能再见面。"他的话让我觉得有些伤感。

果果突然从前面掉头朝我俩跑过来,贼兮兮地说:"佳明,你跟娅丽拥抱一下吧。"

身旁的同学全体停住脚步,齐声起哄:"佳明,娅丽,拥抱,拥抱,拥抱。"

佳明夸张地张开双臂,笑眯眯地将我整个人高高抱起,还在原地转了两个圈,我的脸颊立刻红透了。

我还没来得及说什么,身旁忽然窜出一个女生来,冲着佳明娇滴滴的说:"佳明,我也要抱抱。"

果果偷偷凑到我耳边说:"那个就是在班上追求佳明的女生,你可别输给她啊。"

（五）

接到大学录取通知书的那晚，佳明来找我道别，他要去上北京上大学。

那晚，天空飘着绵绵的细雨……

我在佳明身边靠后一点的位置与他同行，走了很长一段路，他终于鼓起勇气伸出右手，握住了我的手。

我顿了一下，发现他偏过头来看我的脸偷笑。我脸红了，便也回握了他，佳明的手在微微用力，我兴奋得像心都飞起来了。

我说："佳明，你上大学后，可以不联系我……但再也不要跟我失去联系……"

"当然不会。"

他笑着拉起我沿着锦江奔跑。

这条路，我们上下学曾无数次地经过，潺潺流淌的锦江见证了我们的成长。

痛并快乐着的军训

文 / 付婧睿

当班主任向我们宣布明天要军训时，全班同学都沸腾起来，教室里简直就炸开了锅。等待已久的军训总算来了。

（一）

一大早我就起床。背起大包，拉起拉箱，像搬家一样。到了学校，看到已来了许多的同学，个个都是大包小包的。我们一边等待出发，一边热烈而兴奋地谈论着。然而，天公不作美，下起雨来了。不过，一点不影响我们的心情。终于，接我们的车来了，一路高歌地到了军训基地。在一阵欢呼声中，我们冒着大雨，在教官的带领下冲进寝室。

"我姓赖，是你们的教官。"我们正唧唧喳喳忙着收拾行李，突然从我们背后传来冷嗖嗖的声音，顿时感到一丝恐怖。啊，可怕的军训开始啦。

终于要吃饭了，我们拿着碗冲了出去。"哇"，撞在了教官的冰块似的脸上。我们这些侠女们立马站在了原地，等着冰块脸发话。没料到，他只是"哼"了一下，就走了。到了食堂，我们围成一桌一桌的，看到桌上的菜，我们的心情坏到极点，和家里比，那是差得太远了。

接下来，整理内务，铺床，折被，折被，铺床。教官太能折腾人了。就这么简单的事儿，累得我们是精疲力竭，要知道在家里我们可是什么都不干的啊。好不容易折腾到晚上，教官走了。有的同学小声地哭了起来，这一哭，引得全寝室的人都哭了起来。"冰块脸"来了，鄙视地说："丢死人了，没出息。"我们又是难过又是惭愧。难道还不能哭？

好不容易终于可以上床睡觉了，我们大气也不敢出，脱衣服的劲都没了，和衣而睡。不知道明天会怎样？

（二）

"起床了——"只听一声狮吼，打断了我的美梦。我迷迷糊糊地眯着眼睛摸衣服。突然想起昨晚根本就没脱，还好，很快地下了床。半梦半醒之间，来到洗脸的地方，把手一下子放进水里，呀，好冷。我猛然清醒了，这不是家里，这可是军训基地。"集合。"随着"冰块脸"的喊声，同学们叮叮当当地丢下脸盆，一边扎头发，一边抹着脸上的水跑入队伍。

"抬头，挺胸，站直"，我们在这样的咆哮声中身体变得越来越僵硬。

终于吃饭了，昨天难以下咽的东西在今天变成了美味了。大家狼吞虎咽，有同学兴奋的发出了声音。"谁在说话，出来，站马步。"随着这一狂吼，有几个耷着脑袋出去让教官开小灶了呀，我真同情他们啊。

终于到晚上10点，我们好不容易等来了这一刻，把自己的身体移到了床上。小声的谈论着今天的收获，那就是能好好地睡觉真是太幸福了。啥是幸福，能好好睡一觉就是幸福。为啥以前就没这样的感觉呢？愿我们都做个好梦吧。明天，明天的事明天再说吧。

（三）

站军姿。

（四）

齐步走。

（五）

正步，齐步。齐步，正步。

（六）

站军姿，齐步走，正步走。我们的身体不再僵硬，我们不仅看到了教官的"冰块脸"，还看到了其他的。虽然只经历了短短的五天军训，我们好像已习惯了这样的生活。恐怖，紧张，还有那么一点点的乐趣。见到鸡蛋馒头也变得格外的香，不像在家里，这也不好吃，那也不好吃。平时爱闹矛盾的同学在这儿也变得格外的友好。我们一起训练，一起痛苦，一起快乐。

明天学校领导就要来检阅了，这既让我们兴奋，又让我们有一些失落。因为我们的军训生活就要结束了。

晚上，我们久久地不能入睡，没有了前几天的抱怨，也没有了下午的兴奋，仿佛都在静静等着明天的检阅。

（七）

六天的辛苦终于要在今天爆发出来。"同学们好""首长好""同学们辛苦了""为校争光"。随着一声声震天动地的声音，我们来了。我们由原来懒散的队伍变成了充满着激情、焕发着朝气的队伍。看，一个个容光焕发的面孔；听，一声声整齐有力的脚步声。此时的我们没有了娇气，没有了不满，有的是满腔的自豪。我们哭过，怨过，在这一刻，一切都烟消云散。因为我们付出了，我们也收获了。

终于还是离开了，这七天噩梦般的日子，却成为了我永远的记忆。亲爱的教官，再见，"冰块脸"，谢谢你们的严厉。看到教官远去的背影，有的同学忍不住的流下泪来。汽车开了很远，同学举起的挥别的手还停在空中，不忍放下。

这痛并快乐着的军训啊，我真永远也忘不了！

那一束三色堇

文 / 徐诗怡

（一）

"你们现在还小，不要整天做这些不切实际的幻想，再说又耽误学习。"老师一脸恨铁不成钢的表情看着她，打断了她的据理力争。

她是个高傲的女孩，成绩在班里也算是名列前茅，但老师却不是很喜欢她，因为她很固执，只是一味地坚持自己的理念，也不管它是否正确，就因这一点，她总是和老师唱反调，钻牛角尖。

她愣了一下，用有些固执但却简单的目光看着老师办公桌上的那一盆三色堇，那是他送给她的，虽然还只是一株小苗，但仍透出一丝生机。

她不明白，为什么他们之间只是单纯的友谊，老师还是要那么兴师动众的找他们谈话，告诉他们早恋是不好的。

他和她本是毫无交集的，只是在这个学期，他和她成了同桌。有一次，她考差了，趴在桌子上闷闷不乐。他看见了，帮她补习了几次那门稍弱的学科。于是，他们就成了好朋友，一起讨论问题，一起吃饭，散步。别人看了，便记在心里，去老师那告发，而老师也对这一点十分在意，所以就将她叫到办公室好好谈了一会儿。

"算了，你先回去吧。"老师无奈地摇摇手，说道。

（二）

"回来了？"他看她面无表情地坐下跟她说，"老师也找你谈话了吧，我们……最近最好分开走吧。"

"为什么！"她依旧倔强地看着他，明亮的双眸里充满了不屈，"我们只是普通同学，老师这么说，并不代表是事实，我们不能承认这些莫须有的罪名。"

他有些好笑地看着她，但在看到她那双闪亮的双眸时，心头一颤，不禁想起了那一盆三色堇，就像她坚持的模样。

他是个乖乖子，父母都是老师，而他从来都不会违背老师的话，不管老师要求他做什么，他都能百分之百地做好然后向老师汇报，但这些都不是他真心的，他都麻木了，只知道一味地听从父母和老师的话。但是，和她认识之后，他觉得做题好像不再枯燥了，更像是在探索新的奥秘，也懂得了寻找自己真正的爱好。

他被她的话感动了，低下头认真思考她说的话，想了整整一节课，而在这节课中，她什么也没听进去，但却想清楚了那个问题。

（三）

"叮铃铃，叮铃铃……"下课铃声清风般的拂过，抚着两人柔软的心，亲吻着三色堇柔嫩的小苗。

"走吧！"他收拾了课桌上的书本，起身跟一旁低头不语的她说，"你要是再不走，就没饭吃了！"语气如常。

"咦？"她有些奇怪地看着他，赌气说，"不是说最好不要一起走了吗？"又拿起了桌面上的一本书，递给他。

"干吗,生气了?一起走吧,你说的没错,我们只是同学互相帮助,老师不应该,也没有权利阻止我们交流!"他顿了顿,"再说,第一次反抗老师,不也挺好玩的嘛!"他有些脸红,"快点走啦。"

"哦哦,来了,你等等我啊!"她偷偷看了看他那害羞的脸,笑了,笑的很开心,很开心。

一丝阳光从窗户泻下,在三色堇上露下点滴圆点,那束三色堇在风中摇曳,像一位坚定的女孩。

你能看见什么？

文 / 孙依涵

我永远都忘不了第一次见到 Matthew 的时候。

那时的我作为交换生被送到香港进行为期三个月的交换互助活动，借读的是香港一所小有名气的九年制学校。

一

那天，我坐在香港学校的图书馆里，阅读一本关于西方抽象画的书。正当我停留在一幅线条杂乱的水彩画时，我听见身边有一个很慢的声音响起：

"你能看见什么？"

我抬头，看见一个大约和我同岁的男孩站在我旁边。与我同行的香港女孩安马上从位子上站了起来，紧张地拉了拉我的衣角，用手势示意我赶快离开。我朝安笑笑，表示让她先走，不用管我。安慌张地冲我点点头，转身就跑开了。

我知道站在我面前的男孩是谁。学校里的每一个人都知道他是谁。

他是 Matthew——被称为这个学校的"扫把星"，谁见到他谁就会不走运。他也被称为"学习上的障碍"，像美国作家爱斯米·科德尔笔下的"特别的女孩"撒哈拉一样，在学校接受所谓的"特殊教育"。我在学校大厅的玻璃隔间里看见过他几次,他正和其他几个学生一起跟着特殊老师对话。

"在这幅画里,"Matthew 又问了我一遍,"你能看见什么?"

我没有像安一样离开,我面向着 Matthew。"没什么,说真的,我真没看出什么,"我回答他说,"只不过是一些线条和很多色彩。"

"再看一次,"他说,并指向一些颜色和线条,"这是一朵嬉闹着的云。你看见了些随风摇曳的绿色的树了吗?在看看这些笑脸灿烂的花儿,你看它们……"

我感到十分惊讶,顺着 Matthew 的手指,一一看这生动美丽的线条。

"嗯……我从没看过这么美丽的画。谢谢你,Matthew。"

他绅士地朝我笑笑,"很美,不是吗?"说完,就走了。

按照 Matthew 的方法,我静下心来又把那本书从头到尾地看了一遍。我发现画中有许多意想不到的美丽,是那么的神奇美妙。那些画,好像就是他亲手绘制的一样。

二

每天下午都可以在校图书馆遇见他,他每次都给我"解读"抽象画作。次数多了,不知怎么样,我们就成为了朋友。

Matthew 常常邀请我去他家。Matthew 的妈妈很热情,也十分高兴。她说因为 Matthew 有"学习上的障碍",根本没有任何朋友。我是第一个愿意接受他的人。

我教他怎么样把中文说好,教他打乒乓球,玩户外游戏,而他给我看他的画作,给我讲故事,向我展示他的颜料收集。

Matthew 的画很像那本美术书中的。我总是问他那些画的含义。

"用你的想象力,"他每次都这样回答我,"用心猜猜看。"

我每次都猜,但他从不告诉我猜对或猜错。

三

我知道学校里的人都不喜欢 Matthew。我想他们只是怕他。

一天,我和 Matthew 一起走去图书馆的路上。

"嘿,笨蛋。"一个声音说。

我不必转过身去——我知道那是谁。是伊,学校里的霸王。他喜欢欺负 Matthew。

"我在跟你讲话啊,笨蛋。"

我和 Matthew 转过身去,伊用手点着我的鼻子。"就是你,我在和你讲话!笨蛋。"

我一脸茫然地看着他们。

"是,我们都知道 Matthew 笨。但是你更笨,因为你是他的朋友。"

伊和他的朋友们开始大笑。

我突然变得特别生气。我一句话也没说,甚至想都没有想,就尽我全身的力气朝伊的背上打去。伊和他的朋友哄乱着走开。

我很惊讶,不敢相信我刚才打了伊。毕竟我是一个女孩!

Matthew 把我拉到一旁,一脸郑重地对我说:"我很难过你打了伊。你不应该打他,即使他们做了什么对你不好的事情,甚至你很讨厌他们。因为每一个人都是不同的。总是有些人,他们不了解,不可以理解一些事情。"

"但是,"他微笑着对我说,"谢谢你保护我。"

Matthew 再度令我感到惊讶。Matthew 在学校上特殊的课程,但他并不另类。他只是不同而已。事实上,他是我所认识的最聪明的人。他很善良，懂得许多我们不懂的。真如的英文里 Matthew 的含义——上帝的礼物一样，圣洁而美好。

四

知道这个消息我很难过，但我无能为力——有一天我去 Matthew 家，他的妈妈悄悄告诉我的。

Matthew 患有一种遗传性特殊疾病，像他已故的爸爸一样。

一场突如其来的不知名的大病就可以把他从这个世界上带走。Matthew 的妈妈说，几天前她带 Matthew 去检查过了，医生说这个日子不远了。的确，这几天 Matthew 脸色苍白，精神状态很不好。

几天后，Matthew 就住进了医院。他生病的时候，我是唯一一个去看望他的人。

"你害怕吗？"我问他。

"不会，"说完他从身后拿出一幅画，"你能看见什么？"

"嗯，那些看起来像闪烁的星星。这是一道彩虹，这里有一间五彩的房子。"

Matthew 笑着看着我："这是送给你的。"

"你会告诉我我猜对了吗？"我问。

Matthew 喃喃地说："其实无所谓对错，如果你用心去思考，去想象了，那么就是你的了。其实本没有对错。"

我忍不住，还是当着 Matthew 的面哭了。

三个月的交换生活很快就过去了。我很遗憾，我不能陪 Matthew 到最后。

"我会想你的。"坐上返回家乡的飞机，看着窗外一点点模糊的景物，回想起三个月的生活，我又哭了。

到家一两天后，Matthew 的妈妈打电话给我说 Matthew 已经离开了。我不愿意相信这个事实。但，这是真的。我必须接受。

五

现在，离这件事已经过去了一两年。我还是仍会想起他。

他的画被我挂在最显眼的地方。当我看见画时，我几乎可以看见他的微笑，听见他在问我"你能看见什么"。

有时候。我想到他时会笑，有时候我想哭。

正如他所说的一样，其实根本没有对错，关键在于你是怎么想的，你是否用心。

Matthew，我看见了一片金灿灿的葵花海洋。在这其中，有我们的欢笑与美好的回忆。更重要的是，还有我们纯真的友谊。

流 年

文 / 李蔚如

暮色将近，暖暖的风，轻柔地抚过我的手臂，抚乱我的头发。微微眯起眼睛，接收风对我灵魂的洗礼。

我是一个与众不同的女孩。

我还有许许多多奇怪的想法。比如，我想穿红色球鞋，大声尖叫着跑过最繁华的街道。我要看看，人们究竟有怎样的反应？我还要比比，我的尖叫声和汽车的鸣笛声，哪个更刺耳。我还想穿裤腿很肥、腿面上有好几个口袋的牛仔裤。我想给牛仔裤的口袋里装上鼓鼓囊囊的东西。比如，我要留很长很厚的刘海，斜的，从额际到面颊，罩住我的半个面孔。我要从头发缝里，去看世人看我的目光。

由于我的孤独，我在班里没有朋友。没有一个人愿意和我做朋友。这是必然的，我很清楚。

所以，我孤独。孤独，是我最大的敌人。

虽然，我的想法很奇怪，也很疯狂，但它从未实现。我所有的疯狂，只能用想象来宣泄。当我在梦中发泄了我的疯狂后，我总是笑醒。

笑醒的我，看到窗外皎洁的月光，静悄悄地穿过夜空，来到我的窗前，照在乳白色的窗帘上。

其实，我很害怕孤独。但是我，总是孤独。

父母总是很忙，他们好像顾及不到我。

所以，我常常发大脾气，我猛摔东西，我顶嘴；我也用铅笔戳烂本子，我折断铅笔，我赌气。

我只是想要用这种办法，引起父母对我的关注。

可是，这种小计谋，不知为什么，总是被轻而易举地识破。一个人孤零零地走在热闹繁华的大街上，任喧嚣与吵闹将我包围、将我湮没。喧嚷的大街上，每个人都各怀心事，我也是其中的一个。

我想，人和人组成的小宇宙，应该是彼此相通的吧！

我们经常说的那些谎言，都在我们冠以念念不忘的头衔后，被遗落在踮脚张望的时光里。

灰白的过往没有更深的记忆。

我也不记得成长的路上，有过怎样的伤心与悲痛。我只知道，自己是一个孤独而胆小的孩子，一个父母无法理解的怪孩子，一个思想里很寂寞但是很疯狂的孩子。

每个人的青春是那样的平等。寂寞与悲哀，尊严与美好，从来都一样。没有谁会比谁更高贵！

经历了蛹破茧成蝶的痛苦后，我深吸一口气，在年华的彼端，我会怀念的，依旧是游子般清苦的伤痛。

遇见暖国

文 / 贾蕊萍

秋风渐紧,也不过是天的灰蒙映在了心上,雨的冰冷打在手心,然后全世界都跌入冰湖中,任由冬的狂妄。

是以这样一种心境来的,把悲伤掩藏,"期望"像潘多拉盒子里的美好愿望一样被埋葬,原本以为,自己再也没有发光的理由。

一个接一个地都上去念了,激昂的、热烈的、含蓄的、温情的,大家,都那么自信。终于,我们组的也朗诵完了,呵呵,果然还是不行啊,连勇气都打磨完了吗?心里这样自嘲着,心,早已不在。恍恍惚惚想着那痛心的过去,那个忧郁的自己,那些不被认可和失落,那些微笑着的疼痛。心缓慢地跳动,随着倒转的时光被忧伤撕扯成残片……"还有没有人?"老师提高了音量,"还有没有自愿的?"一个男生站了起来。回头望了眼老师,一脸的赞许与鼓励,心,蓦然一片空白,抬头望着窗外。

男生朗诵完,一片鼓掌声,奇怪,怎么会心跳得如此剧烈?迅速扫了一眼翻开的摘抄本,三生石,三生石,心里默念。这是一首长诗,也是一段悲伤的故事,故事中的女孩有种执着追求的味道,纵使满身伤痕也要为那个注定悲伤的宿命付出千百年的等待与寂寞,愿意吗?我问自己,再勇敢一次吧。有点期待地举起了手,低着头走到讲台上,站定,开始。思绪乱了,不知道前排人是否看到了我的颤抖,想着女主角,想着她的爱，亦想着我的过往，乱了，乱了，时间被重叠、拉长、压缩，扭曲成一个网网住了我……不知道怎么竟念到了最后一个字，这么快啊，原来不管是失败还是成功都可以三分钟搞定。

下台的时候记得有掌声，有老师的鼓励，真好。有那么点感动和丝丝温暖。

后来就是参加比赛，大家凑在一起的时候很热闹，很温馨。

第一次排练因为觉得时间紧就没有去吃饭，小兰和我。计划的是晚上吃泡面，有点羡慕地看着阳阳和露露去吃饭，肚子一个劲儿地唱空城计，我不予理睬态度，它便像消了气的皮球贴着我后背，等排练完回到教室，整个人似乎都被它感召了，成了软绵绵的海草一根，在座位上无奈地叹气。晚上有点凉，此时此刻，还真有当年革命军饥寒交迫的味道。

好像……好像有谁喊我，抬起头，迷茫地四顾，咦，是尹同学？顿时一阵疑惑加纳闷儿，有什么事么？再一看，尹旁边的露露在向我说什么，不知是一向听觉略次于常人还是今天突然稍逊风骚，她说了好几遍我都以"什么"淡定回答，她有些急了，把一长条状物递给了尹再转给了我，望着手中的毛毛虫面包我愣住了，她以笑脸回答，向我摆了摆手，示意我吃。感动是瞬间袭来的，像是山洪的决堤，暴发得彻彻底底，心底凑了几个字：我爱你们。突然转过头去看小兰，手中是同样的"毛毛虫"，笑着对我说："好幸福！"我亦笑脸相对点头称是，心中是阳光明媚。

那天晚上，心都是暖暖的，像是被晒过的棉被，蓬松又溢满阳光。

我是从雪国来的旅人，浑身冒着寒气，抱着一颗受伤的心随意游荡，原以为这里又是一片冰山，却是误闯入暖国，阳光柔软，空气芳香。

谢谢你们给我的爱，所有的朋友们！

流年带不走的静好时光

文 / 野火

一直都是最真实的存在

第一次看见她的时候，给我的感觉很学生气，但是后来就不那么认为了，后来她剪了个齐刘海、直头发的造型。我从她骨子里看出了叛逆张扬的个性，但眼神里还是稚气未脱的孩子般的单纯。她说，我只想做我自己。我笑了，我喜欢她这种坦率的个性，什么话都敢说，什么事都敢做，年少轻狂却又不失分寸。

那天她问我是否曾走进她心里。我一边叠衣服一边好笑地说那得问你自己啊，我怎么知道呢。然后转身就看见她木讷地点点头，好像从来没有一个人走进过我心里吧。之后就是让人窒息的沉默。我承认，那时候心痛了一点点，就只是一点点而已，其实早已经习惯了她吧，一直都是个让人不放心的孩子，多愁又善感。我想这些的时候，短短的十几秒就足够让她恢复到以往的笑容，多少含了些苦涩的元素呢，她或许不明白，无论再怎么伪装，她在我面前都是透明的。前一秒还沉浸于忧伤，后一秒就没心没肺地大笑着问我，你说我们以后会是怎样啊？后来我们就这个问题花了一个午休的时间窝在一张床上你一句我一句地幻想着。最后遭了宿舍管理员一顿狠批。

她告诉我说她以后要嫁个富二代，她说她要嫁个爱她的人，她说要是在爱与被爱中选择她一定选择被爱，她说爱太累。我冷笑，这个年纪，懂什么叫爱，我们终究只是活在自己所幻想的美好中罢了，也许"爱情"这两个字，在我们暗淡的青春里从来不曾有过太过深刻的印迹，也许，年少的爱情就仿佛绚丽的烟火一样转瞬即逝之后不留一点痕迹，我们只不过自欺欺人地在自己的记忆中穿插了一段名为"爱情"的黑白影像而已。

她说，或许我真的该换一种生活方式了。

我默然。

一个让人心疼的孩子

——什么时候起，我成了你伤心时候的避风港？

——什么时候起，我似乎也在那些年斑驳的时光里心甘情愿地扮演了一个你期望已久的角色？

那天下了课她带着一身酒气又哭又笑地走到我面前，终于站不稳了倒在旁边的椅子上，她说你知道吗，我上课喝酒了，喝了瓶白酒。我看着她落魄的样子突然觉得好笑，我知道她为什么喝酒，我只是什么都不想说。我看见同桌厌恶地站起身，临走还不忘丢下一句"不会喝就别喝啊，真是……"这些我都看在眼里，她一直都不受同学欢迎。

我终于还是皱了皱眉扶她到外面，我知道她叛逆，她什么事都敢做，只是从没想过她会这样放纵自己，像一具堕落的灵魂，早已做好了永不超生的准备。我看着她哭，看着她笑，看着她狼狈的样子却只能站在那里任由她趴在我肩上小声啜泣直至泪水打湿了衣领。很久以前，她也曾在我面前哭，我总是沉默而又无情地冷冷旁观，我告诉她我不会安慰人，我也不喜欢别人在我面前哭。只是时间久了我似乎也被她感染了，看见她哭的时候竟也会有一丝丝的心疼。

十月的阳光有点点暖，我看着墙上斑驳的身影，忽然间才发现，她已经好久没在我面前这样笑过了。直到最后我才说了一句连自己都感动了的话，我说，以后别这样了，对自己好一点。

那天晚上，她在QQ上写心情说，最后一次喝酒，就当是对自己以前的放纵说拜拜。

我知道，她开始改变了。

眼泪总是多余

我们在一起两年，两年的时间可以改变很多东西，却独独没有改变她的痴情。她为他哭，为他笑，为他做过许多傻事，但是每当她和我说起他时，我总是决绝地告诉她那不是爱，只是依赖。对，只是依赖，我坚信她不懂爱。所以我总在她受伤的时候对她说，你的眼泪流的真不值得。

我不知道我算不算了解她。我知道她是敏感多情的双鱼座，我知道她哭起来眼泪像坏了的水龙头一样关都关不住，我知道她最喜欢黑色，最喜欢喝皮蛋瘦肉粥……因为这些，她总在我耳边和我开玩笑说，你要是我男朋友该多好。我便也和她打趣，那我下辈子投胎做男的好了。然后她就叉着腰笑开了。这样一种女孩，或许任谁也不会想到她有一个破败不堪的家庭，而她每一个笑容背后，似乎都隐藏着巨大的不可言说的悲伤。

她跟我说她的家庭，父母虽没离异却早已分居，父亲常年在外对她不管不问，母亲在北方一个遥远的城市替人打工，按月给她寄生活费，偶尔也会打电话嘘寒问暖，但每次讲电话不过几分钟两个人就开始吵起来了，她在电话这头一副恨铁不成钢的样子劝她母亲早点离婚，偶尔激动得连话都说不完整。后来我似笑非笑地望着她说没见过你这样的。

她愣了两秒便噙着泪朝我吼，然后我就看见她的眼泪像海水一样蔓延开来了。

在那段彼此静默的时光里，疼痛像影子一样在一盏盏忽明忽暗的路灯下变长又变短，最后在黑暗中隐藏。那个看似短暂而又冗长的夏天里，我在许多个躁热的夜晚即将沉沉睡去时便隐隐听见她极力压制的沉闷哭声，每每这个时候我变得异常清醒，回忆亦清晰得让人心疼。

记得她曾在我耳边唱：

我是个疯子疯子疯子只爱你的疯子

你是个傻子傻子傻子傻得却好懂事

我看见她深褐色的瞳孔逐渐失去焦点，看见她澄澈的眼眸变得更加透明。

游荡在"花雨"中的鱼

文 / 王佳萍

我像是游荡在深海中的鱼,只是没有强大的鳃,咸咸的海水刺痛了眼睛,也让伤痛游走在每寸肌肤。时常遇到美丽的海蜇和水母,都有着盈盈的外衣,那些触角柔和温润。我薄薄的鱼鳞下,依稀可见淡淡的血管,敏感的神经时常自省,很想有个更好的自己。

我是一尾沉默的鱼,悄悄地张望着每日QQ的签名,张望着微博和人人,那些日日更改的心情比初春反复的天气要更加变化多姿,同龄人的爱情总是泛滥而随意。

那些年少的小人儿喜欢翻来覆去地点数着自己的忧伤,似乎在这个如阳光般明媚的年纪里,毫无道理的从那些不知名的角落里跑出了许多忧伤,这又是多么牵强的悲伤;年少的人儿喜欢标榜自身追随着热烈的情感,歇斯底里地叫喊着唯一和永久,只是真的情感沉淀在生活中,这些需要年月来浸润和验证,而不是短期的浪漫;年少的人儿喜欢说时间太长假日太短,课程太多娱乐太少,却不知生而为人短短数十载只会遗憾光阴不给机会补偿自己未完的梦想。年少的人儿真是年轻,不懂太多。

我决意不理会那些无所事事衍生出来的小忧伤和小感动,我要的是开朗和踏实,坚强和柔韧。在如青葱一般朴实的岁月里,打理自己的理想,积攒着力量,即使知道单薄的根基难以与外力的强悍相敌,也愿意在这安稳的学生时代为自己立一个标杆。

所以坚持着自己的书写,愿笔下所有的文字都质朴实在,道出生活留下的点滴,不喜虚浮华丽和矫揉造作。文以载道,不正如此嘛。

欣喜地展示文字,快乐地分享思想。即使只是一篇篇小小的方块字,不够纯熟而略显稚嫩的文笔,虽清晰却不甚完整体系的思路,也足以让人欢快流畅的叙述,这种现场的惬意感和随之而来的进取之心只能亲力亲为才能体会。

文社只是一个小小的角落。却一扫当下校园流行的琐碎纷扰,摒弃了伪装的桀骜不驯,有的只是这个青春年龄里应有的锐气和张扬,也让人想起海阔凭鱼跃,天高任鸟飞。我相信我是一尾鱼,没有强大的腮,呼吸不到足够的空气,却让海水入侵了眼眶,微辣疼痛,但也打开了原就窄小的双目,看到一番广阔的海域;没有健壮的鳍,远行不到更远的海洋,却眼见到有力的对手日渐强大,刺激亢奋,但也引领着弱小如我,不断地前行拓展。

周国平说:"一个执着于美感的人,必须有超脱之道,才能维持心理上的平衡。"我经常想起这句话,这句写在扉页的文社赠语。

细细想来,我们行走在人群,被人海淹没。或许早些年的时候还怀着称之为理想的物件,但随着年月的增长,还未等到他人对自己嘲讽理想的遥不可及,自己就已经气馁自嘲,越发地看轻自己当初的豪言壮志。

然而有这样一个文社,花雨文学社一路走来,使人圆上一个悄悄深藏在心底的作家梦。即使这些不足以称得上是作品的文字却是朴实无华的记载下这段娴静安好的岁月。不敢奢求有这样的机遇和才气:在自己年华老去的时候,看着一节节竹节的书架上能摆满自己的铅字,能够让年迈的自己蜷窝在藤椅里一页页的抚摸和翻看,这是种美好的愿望和希冀,也是股向上的力量和指望。它能鞭策着人在喧闹和嬉戏中还能有一份对文字的宁和和期待。即使我不能积聚足够的能量,笔尖流淌着的文字还不曾能够感动他人,带给他们温暖;也足以不辜负自己的执着坚持,在闲暇的时候偷偷的自我翻看,反思着以更加干练的笔触来记录和思考,以期能书写更为流畅的蕴含思想的文字。

我是一尾鱼,深海的鱼,游走在深海,"花雨"便是海。

我的腮,依旧不强大,我的鳍,依旧不健壮。海水是很咸,咸得苦涩,咸得热辣。我的眼角浸润了很多的钠离子,疼痛却能忍受,因为我看到了宽广的海域。我的鳞片下显现了清晰的青色血管,柔弱却坚韧,因为内心的强大足以抵挡风浪。

我心所向

文 / 杨洋

非关癖爱轻模样，冷处偏佳。别有根芽，不是人间富贵花。

——《采桑子》

五一，一个难得的假期。虽说是小长假，但对于包括学生在内的忙碌的人们来说，已经是难得的放松。正因如此，外出的人不胜数。不仅是成都，全国都如此；不仅是"五一"，任何一个或长或短的假期都一样。

为什么？虽然从古至今，每逢佳节四处都是人山人海，然而在我眼前的，内心并不见得就如表面那般热闹，他们都是空虚的，只有一个躯壳。因为他们没有了自己，失去了"心"。

二十一世纪物质高度繁荣的今天，人们都在或名或利地为自己的虚荣而努力、而奋斗。学生为班级名次、年级名次在奋斗；职员为着更高的职位在争取；领导为了更多的利益在努力……他们都没有了"本心"，他们都失去了最初那个抱着美好希望的自己。

在这个热闹的社会，我总在寻找一个宁静的地方。难啊！何处有宁静？或许宁静在山村，但为什么仍旧角儿心烦意乱？或许宁静在远山，然而听着蝉嘶鸟鸣心情依然狂躁不安？或许宁静在那片浅浅的河湾，可是水面泛起的涟漪仿佛是荡在我心中，拨动着心里那根不安的弦。在我转眼的刹那，看到了正在静静等待鱼儿上钩的老翁时，瞬间明白，宁静在心！

无论身处何处，心灵的宁静才是最重要的。想去听一场古老的戏、去看一场不是幻灯片播放的皮影、想离开这个钢筋铁塔充斥着的世界、想去寻找一片"桃花源"，我想，那里一定是鸟儿和鸣、落英缤纷、行人轻歌曼舞吧？时光漫漫，即使有悲哀，也依旧是显得不食人间烟火的稚子。常建在破山寺禅院的见闻——万籁此俱寂，惟闻钟磬音，如果他没有如水般平静的心，又怎能只让空灵的磬音入耳？都说现代人少了感动，多了冷漠。因为，心里装的东西太多，头脑不够空旷，不能同"感动"共鸣，而"感动"也无法再次敲响人的耳膜，再也无法拂动人的心。

悲！

有时候迷茫，因为前方没有灯塔为我导航，将我前方的路照亮；有时候无措，因为常常受挫。就如纳兰容若，虽贵为八旗子弟，他却心生"别有根芽，不是人间富贵花"的感慨，他一生都处于矛盾和忧愁之中，一生惆怅，直到他与世长辞，离开这个让他心碎的尘世，与亡妻在另一个世界重逢。

我只是希望永远宁静，不是心如止水，而是坚守一份安宁；不追求表面的浮华，只愿心有所得；不追求丰富的物质，只愿生活平淡。

眼前是纳兰在边塞看见的、赞咏的那一片片雪花。

时间都去哪儿了

文 / 李瑞

如果，记忆能牵紧时光的手，人还会不会怀旧、期许和守候？

和风暖日从我看不见的远方做出一个可爱的表情，融化了冰雪，唤醒了万物，点亮了春天的色彩。

是厌倦了冬日里的晦暗阴沉，还是惦念盛夏的绿长裙和豆沙冰淇淋。当暖暖的风吹在脸上，仿佛亲昵的私语，满是温柔。

在春天，不记得有多久没有看到这样蔚蓝的天空，即使远山还不够青翠，老树还在不紧不慢地吐绿，也不能抑制我心里泛起的小小的欢愉。

喜欢逆着风漫步在操场边，倾听那些被遗忘的故事。原来，很多我们极力想去挽留住的东西最终都拗不过时光的倔强。比如青春，比如又一个春天。

依然像个孩子，在春天埋下那些不是秘密的秘密，没有人告诉我它会开出怎样的花，只是在有阳光的午后它会记得我的梦想。

走过小巷，时不时会看到飘浮在天空的风筝，那个追风的少年手里依旧拉着不忍断掉的线。

无风的夜晚，吐着花香的小路盛满静谧，皎洁的月光拉长我的身影。

教学楼那间我付出努力最多的教室，是否会是我多年以后最怀念的地方，哪里有着时光带不走的纯真？也许你会说，那些念念不忘的故事就在我们念念不忘的时光里被我们遗忘了。

我想，时间是静止的，而流逝的是我们。

春天过去，时光走远，我看到梦的远方那含苞欲放的花蕾对着阳光微笑。

可是，时间都去哪儿了？

那 天

——清明节祭奠革命先烈活动有感

文 / 陈佳容

天，拉上了一层蒙蒙的灰纱，飘下的阵阵牛毛细雨散落在手中的小白花上，替岁月提前抹去了镜花水月的美，却没有浇灭我们心中燃起的烈火，更不能阻挠那前进的步伐——去墓地扫墓。

此时我涌起了别样的心情——悲伤，激动，无奈……各种情绪交织成的网紧缚心头。微风中夹着细雨，打在脸上，留下点点冰凉的触觉，我抬头望着天空不断滴落的雨珠，不禁出了神：这究竟是雨水，还是上苍流下的泪水。

不知不觉，墓地已在眼前，长龙般的队伍缓缓进了墓地。停在一块高大的墓碑旁。那凹凸不平的表面是悠悠岁月抚过的痕迹。上面刻满了无数英雄烈士的名字及逝世的日期。字被一笔一画刻得十分深，即使几百年后也磨灭不去，遗忘不了。墓地上种了几棵树，它们在风中开枝散叶，充足的养分让枝叶变得更加葱郁。纤细的树干在雨中顶天立地，站得直直的，让树冠享受雨水的滋润，为墓地添了几分色彩，我盯着眼前的树干好一会儿，忽然感到一丝恍惚——好熟悉的感觉，我在哪里见过呢？

在老师和同学们抑扬顿挫的演讲结束后。一分钟的默哀在微风细雨中拉开了序幕,所有的同学都低下了头。静——静得让人窒息。周围的气氛弥漫着不同以往的沉默,在空中散发着淡淡忧伤。

闭上眼睛,前面是一片茫茫的黑暗,有多深,有多远?这就是烈士流干鲜血,面对死亡的那一刻吗?他们在死神来临的一瞬间又想到了什么?深深的恐惧?亲人的哭泣?国家的未来?未了的心愿?他们每个人都有着太多挣不开的牵挂。

设身处地地想一想,把我自己放在硝烟弥漫、炮火不停的战场上,除了颤抖我还能做些什么。当我犹豫不决,徘徊在冲与不冲的抉择中,恐怕属于我的鲜血早已为大地换上新装。那仅仅是不必要的牺牲。

我轻轻抬起了头,看着同学们已经有序地开始上前献花。紧握着手中寥寥无几的纸花,挺直了腰杆走了上去,"谢谢您们曾经用挥洒战场的热血,换来我们幸福的今天。"不需要口头的感谢,把话语悄悄埋在心底,用真心折进纸花里,用行动证明要比口头上的感谢来的诚挚,我轻轻把花放在墓碑旁。

很快,扫墓活动结束了,长龙般的队伍缓缓走出了墓园。我忍不住再次回首:各种各样的纸花堆满了墓碑,一阵风吹过,仿佛还能闻到一股独特的花香。我勾起嘴角,带着几分欣慰,转过身……

丫头，努力吧！

文 / 程瑜

风冷冷地吹着，我缩了缩脖子，把身体往衣服里裹紧了一点。坐在公交车上，目光无神地扫向窗外，一闪而过的情绪似乎在想些什么，这次回去又要被老妈责备了。兀自低头自嘲地笑了笑：不知道这个捣蛋鬼老弟又有多得意了……

车外的景物一闪而过，天渐渐暗了下来，夕阳也拖着沉重的步伐姗姗来迟，车外的景物由陌生变成了熟悉的轮廓，车到站了，我踏下了最后一个台阶，夕阳把我的影子拖得老长老长，在夕阳的余晖中，一个背着大书包的女孩在赶回家的路上缓缓地走着。

到了家门前，我踌躇地来回徘徊着，不知道怎样向妈妈说半期考试的情况，唉，是福不是祸是祸躲不过，认命吧！硬着头皮上！

敲了敲门，熟悉的声音从里面传出："小毅！快给姐姐开门！"门开了，看见一个大眼睛的小男孩，漆黑的眼珠在眼眶里乱转，闪着狡黠的精光，嘴角微勾，嘲讽之意溢于言表："妈妈，姐姐考差了，以后不给她交学费了哈！"握了握拳，强制自己不要和他计较，本来就是自己考差了，一抬头看见妈妈正在看着我："连弟弟都知道你考了200多名，你怎么在学？"我低着头不语，但要漫出眼眶的眼泪出卖了我的真实感受，是啊，上次考68名，这次222名，落差也太大了吧！你到底怎么在学啊？心里有个声音在呐喊着、在质问着、在惶恐着，泪水在眼眶里拼命打转就是流不出来，即使失败我也决不允许自己在人面前哭，"先吃饭吧！"妈妈叹了口气转身拿碗筷，我木然地跟在后面依然低着头没有说话。

我兀自低头吃着饭，柔软的大米和着有些咸涩的味道下肚，这时，妈妈起身去厨房，端来了一盆热腾腾的骨头汤，"等一下吃完饭喝汤，我可煮了一下午。"在袅袅的蒸气中依稀看见层层的油在表面游荡，我皱了皱眉，怎么这么油？我疑惑地看向妈妈。"呵呵，煮腻了，"后者尴尬地解释，"不过……"她话锋一转，"你必须喝一碗！"坚决的话语如一盆凉水把我从头浇到低，看了一眼还在游荡的油，我打了一个冷战，咽了一口水"妈，你确定？""嗯。来！喝！"妈妈为我舀了一碗汤，递在我面前，看着还在摇曳的汤，心一横，豁出去了！一把抢过碗，所有考试失败的心情都爆发出来了，真希望所有的不开心都随着这碗汤喝下肚，恍惚看见妈妈欲言又止，不管了！"噗！""烫！烫！"我张着嘴，拼命吸着冷空气，企图把烫得通红的舌头吹冷，接过妈妈递给我的一杯冷水，一股脑全喝下肚，冰凉的水滑过喉咙，呼出一口白雾，看着剩下的汤我用舌头舔了舔嘴皮，疼！我懊恼地瞪着汤，连你也跟我作对！"我还想提醒一下你，这汤是刚刚从锅里舀的，你自己一下就抢过喝了。"妈妈耸了耸肩，无奈的解释道，"凉了再喝，必须喝完！"妈妈起身回房间看电视，"喝完了把碗洗了。"我只好和着眼泪狂飙和胃里"造反"喝完了它。

洗完了碗，妈妈把我叫进了房间，"这回怎么考得这么差？你是做不来还是怎么？""机读卡填错了。""你怎么填错了呢？""卷子刚写完还有25分钟就要收卷了，我才开始填机读卡。""你怎么做题这么慢喃？""有些题不会，看了很久……"你是不是因为上次考好了就骄傲了？""没……有……"面对妈妈的诘问，我的声音越来越小，甚至我都听不到了，头也不知不觉垂下了。"先去睡吧！""妈，星期五开家长会。"我咬了咬牙最终还是说了出来,我知道暴风雨即将来临。"嗯,晓得了。"妈妈淡淡的回答,没有意料之中的狂风暴雨,我不禁怀疑耳朵出问题了,诧异的抬头看妈妈,"你哪回开家长的时候会考好嘛,反正每次都被老师点名批评了,也不差这次……"我清晰地看见了妈妈眼里的苦涩,顿时心里百味交杂不是滋味,心仿佛被千百只蚂蚁蚕食——好痛!眼泪不争气的又出来了,却被我生生退了回去。"我先去睡了……""好。"

在被窝里,眼泪像开了闸肆无忌惮地涌了出来,在脸颊上横行,最后又没入了枕头里,妈,下次你不会再被点名批评了!

丫头,努力吧!

歌未央

文 / 张梦佳

我已忘，该用怎样的手势，比划那个忘记的年幼模样。

——题记

一重奏

微雨打着伞，从新嫩的梧桐下走过，睁着黑溜溜的眼睛观望。

感情丰沛的小孩，被爷爷牵着小手经过树下，是花开，小小的花絮触摸到肌肤。在苍凉的季节，是怎样一种不期而遇，当我途经你的盛放。和你相遇时间被划成深邃的蓝。

前世，五百次相遇换来一次花开。现在想想，当时看着这花听着这话泪眼汪汪，感动得不知所措的小孩却是我。

懵懂的我仿佛听见了它在对我说话，倔强地忸怩着拽着爷爷不肯离开。对望，你的花絮，是微小的温暖的鹅黄，已让我兴奋不已。

太小了，那时的爷爷高过我太多，是欢快的时月不知道何为忧伤的孩子。笑声串成的项链该是怎样一种灿烂？

是夏，浮云悠悠。

二重奏

声音磨擦着空气,无形无色的,却一直触摸着自己。骄傲地昂着脑袋,手握吐丝的笔,教室里稀稀疏疏只有写的声音。

看街上的行人与我擦肩而过,这个世界太冷漠。学会忧伤学会矫情以及自以为是的小骄傲。

坐在宽敞明亮的教室,喝着冰冷的汽水。谁又在黑板上写着还有多少天中考,密不透风的压抑。线缠绕树长大,手指缠绕的友情开始让我阴晴不定。

靠着你的肩,一步一步走过昨天我的孩子气。静静拥抱,静静写信,静静陪伴,静静和你享受剩下不多的时间。

几场细雨后,收好的行李,匆匆结束的分割仪式,初中再见,不,是不见。我们是夏天离开的孩子,有人在哭泣,有人在拥抱。妈妈搂着我,一同微笑,我知道我们还会见面。"一壶浊酒尽余欢,今宵别梦寒。"

是夏,空气灼热。

三重奏

一样的校园,不一样的人。无悔无邪。

交织时间,抱着书本完全的改变。没有下课到处奔跑的身影,没有上课传递的纸条。

还有多少心事,藏着多少秘密,无从知晓。追,追着往前,逼着向上,有点压抑有点充实。

大病初愈的爷爷,我贴近你的心扉,温温热热,熟悉你身体里的脉搏。

向往无忧无虑的生活，向往幸福美满，一直向上看。我们在温室成长，没经历过大浪。不想和别人一样，就要努力去闯。理想不是一直都在自己手掌上，所以就要往上。

看雨下过后的晴天就是最圆满的方向。

是夏，灿烂耀眼。

哪怕荆棘丛生，我们没有退路。让回忆记录最初感动的样子。

你在我眼前，你在我身边，你在我触手可及的地点。是否，我一直向着阳光，未来你也如此。

夏天，围绕着我……

记我身边的那些人

——我的外婆和小舅

文 / 杨丽

已经很多年没有去过舅舅他们那个地方了，不是没有时间，不是没有金钱，——其实，去他们那里原本该是件多么叫人愉悦的事情啊！以前哪次去了，大姨舅舅他们不是格外的对我亲热，乡间最好吃的米饭、最新鲜的果子、最好玩的东西不是我那时的乐土？可是，随着年岁的增长，我借着读书求学和忙着工作这样的诸多莫须忙时也忙的理由搪塞了一次又一次他们对我诚挚的邀请；我真的就那么忙吗？在这个日新月异和灯红酒绿的大都市，我到底又在忙些什么？为什么我有彻底颓废不思不想睡大觉的时间，却没有回去走走瞧瞧这些亲人的闲暇？难道这些年的都市生活不仅改变了自己的容颜，也沧桑了自己的本心？我多么不愿意做这样的一个自己；有亲人在，就定要去看看。

说说我的外婆吧，她的一生何其平凡！

外婆家在农村，加上一个不太管家的外公和他的早去，家底在乡间看来肯定就是属于最艰难的那种。因此，外婆与几个舅舅的生活自然就过得尤其的困难，外婆个子不高且又瘦小，家里一切体力农活在几个舅舅还未成人时全在她一个人身上——记忆中，我是见过外婆一个人在大热天顶着似火的太阳在地坝上晒刚打的够一年家吃的谷子的那个场景的；那时，我实在不记得自己当初是几岁了，只是依稀记得因为自己在学堂里待过一两年，所以看着外婆尽管任由酷暑晒得大汗淋漓却终将固执的挥扫着自己手中的笤帚的那种执着所震惊；我不知道那需要怎样的勇气才能承受？千百年来，多少个像外婆这样的中国农村妇女面临了同样的境遇呀！于是，外婆的身体自然是不好的，她也早早的离开了这个世界，留给我的无非就是几个简短得不能再缩小的情节——二舅妈娘家的橙子树倒了，就快要接的那几个橙子外婆得了两个，于是我和妹妹就有了因外婆顶着烈日走了二十几里的似羊肠般的曲折小路过了河才送过来的两个橙子；外婆离世了，爸爸将正在教室里听课的我带到了外婆的陵前，那时我是格外的害怕，所以我没有去见外婆最后一面，只是在第二天外婆出殡的时候低着头跟着他们，跟着他们走到了外婆最终的栖身之地，至此就是十几年，我没有再踏足外婆那方土地半步，只是妈妈始终会在路过菩萨的地方寄希望于外婆替我和妹妹喃喃说上几句"保佑我家两个孩子健健康康、平平顺顺"。这些就是我对外婆的记忆，终究不似那些城市孩子笔下外婆的绚烂；可是，外婆这两个字依然在我心中是个亲切无比的坎！

住惯了都市里的小洋房，外婆家的那进屋都得低头的后门却在我的心里始终绽放光彩。现在，我的妈妈也做了我孩子的外婆，她也如同我的外婆疼爱我和妹妹一般疼爱着我的孩子，这就叫做生命的轮回。为着这些，我常常湿润着自己的双眼来记下生活，我欣然地享受着她们这种朴实无华的爱。

舅舅呢？我的几个舅舅都生活在这个社会的最边缘；贫穷用在他们身上是再也合适不过的字眼，我却依然只能为他们的艰辛生活扼腕哀叹。小舅呢？小舅却是贫穷中的更为悲惨的那个。

小舅，原本是个读书的人才，可是他不似我般幸运——我有一个和谐美满的家庭，爸爸妈妈尽管不富裕，却始终让我过着衣食无忧的生活；所以，在我能够读书的时候我随心所欲地享受着我的校园生活。外婆家是贫穷的，穷得没有时间去想孩子读书的事；可是，舅舅几个却个个能把书念得很好，只是个个又不得不中途放弃，爸爸不忍看着这样的悲剧全部在几个舅舅身上重演，于是硬着自己的能力支助着小舅到了高中；还好，舅舅是懂事的，不是说穷人家的孩子早当家吗？舅舅他们就是这样。在那时，小舅考上了县城里的唯一一所重点学校（要知道这在那个年代可是件犹如登天的难事呀），依然刻苦苦读，记着爸爸的好；可是，正所谓"天有不测风云，人有旦夕祸福"，在小舅读到高二上半期的时候被一个同寝室的男生泼强浓硫酸了，从此，眼睛近乎完全瞎了——一只全然失明，一只几乎等于没有，脸被烧得只有骨头，身子也皱似树皮，这是怎样的伤痛？（那时外婆早已不在人世，另外两个舅舅已经成家，日子也是过得惨淡）一生就此被毁！

穷，穷得没精力去找肇事者，只得忍受着这非人的疼痛！

死，死了几次又被妈妈和大姨拉回！

家，家或许就是天上星辰、海角天涯！

……

人呀，只要有希望总有可以坚持下去的理由；可是，人呀，当最后一个愿望都已决然的离己而去时又怎能心存重生！

小舅，最终选择了远离，去了遥远的新疆戈壁滩大沙漠这些地方，从此与挖煤为生；那个字迹潇洒，还在我面前蹦过霹雳舞的小舅几乎从我的脑海消失。

自生自灭，无妻无女……只是小舅每年都会给妈妈电话，询问我和妹妹！

……

不知是前年，还是上前年，放寒假过年了我带着先生回了老家，在家里我见到了这个实在不忍让再见的亲人；那天，我叫了舅舅，舅舅却怯生生的应着我,还在我不注意的时候退到了里屋不肯出来,再后来就是在我不知道的时候悄然离开了……

哎,这就是我的那些亲人,曾经他们是那么的在乎疼爱我,我却在行动和内心上都看似远离了他们,这叫我如何面对那个真实的自己?难道我真的因为城市的生活变得也漠然起来了吗?不,我不能这样为人,我要在这个繁华与孤寂的都市里学会珍惜,学会感恩!

愿我所爱的那些人一路走好!

婆婆的泪

文 / 杨睿泠

> 那滴泪是多么的晶莹，至今都被我珍藏。
>
> ——题记

我的父母在西藏工作，那里高寒缺氧，童年时代的我只好留在重庆婆婆身边，和婆婆爷爷一起住了6年多，婆婆给我留下了难以磨灭的印象。

婆婆快63岁了，她很勤劳，她一直生活在忙碌之中。婆婆也很坚强，在我记忆中，她只哭过一两次，她的泪水很珍贵，所以我一直珍藏着婆婆的泪水。

多年前的一个寒冷的冬天，刚期末考试完，我就坐飞机来到了婆婆家中。我告诉婆婆考得很好，婆婆一下子就乐了，给我准备了一桌好菜。

可是，我的好成绩只不过是估计出来的，当时考卷没改出来，真实的成绩还不知道，我对婆婆说我可能考到班上前10名。

后来，成绩出来了，我考了22名，语文成绩只有66分。婆婆为我付出那么多，而我却用这么差的成绩去回报她，真没用啊！我感觉没脸见婆婆，没脸向婆婆说出自己的成绩。最后，我还是鼓起勇气对婆婆说了我的成绩。她没说话，继续做家务事。

晚上，婆婆轻轻地走过来，坐在我身边，轻声问我："睿睿，这次考试怎么考得这么差？"我不知道当时为什么生气地向婆婆吼叫："粗心嘛，还有什么？"婆婆依然轻轻地说："粗心，那得好好改正呢。"我更加大声地对着婆婆说："不用你管！"

婆婆不再吱声，过了一会儿，我回头看她，没想到她的泪水竟然落了下来，那一颗颗泪珠如此晶莹，夹杂着多少对孙子的希望和教诲。

第二天，我来到厨房向婆婆道歉，看着婆婆忙碌的身影，我的泪水忍不住流了下来。道完歉，回过身，忽然发现婆婆的白发又多了许多，我的泪水禁不住又出来了。

祖母的一盏茶

文 / 王佳萍

傍晚的时候，夏日的太阳虽已经落下山的尽头那端，余晖却还未曾完全散去。那些白日过后黑夜还没完全升起时，所挂在屋檐廊架下头的几抹光彩，比白云还多分色调，比晚霞要多分素净，是我说不出的宁静祥和。

农家的院落里还很是光亮，祖母打理完了家里一天的活计，怡然半坐在竹椅子里，蜷着的背似乎舒张了很多。竹椅前的茶杯稳稳当当地坐落，祖母半闭着眼，伸手便摸到了茶杯，她抚着杯盖的神情很像手心抚的是我那个年幼的堂弟的脑袋，一脸的慈爱温和。似乎这个不起眼的器皿此刻在祖母眼里宛然就是一个温顺的孙辈，乖巧听话。

祖母对茶有股道不完的渊源。到底是茶攀扯上了祖母，还是祖母联系上了茶。我不得而知。打我很是年幼的时候，被父母寄放在祖母家中，小小的鼻翼萦绕的奶味还不曾散去，抱在祖母怀里的我就深切地感受到茶味。淡淡的，却极其醇厚，闻在鼻间都能感觉得到新鲜的汁水在挥发。堂屋内就是一种被茶环抱的芬芳，这仅仅只是泡了茶之后散发的小小一缕甘甜略苦的气味。若是在初春和夏日里，炒制茶叶时，这芬芳的味道便满屋满院的蔓延。

祖母的大半辈子都在土地上行走，土地哺育了她，也哺育了她那整代人。当祖母还和我一样的年纪时，就是个手巧眼快的采茶人。祖母有时候看着闲暇时候的我上山采茶，总是会提起自己的光荣时光。祖母的开头每每是这样子说，早年的时景我采茶大半天能采青茶三四斤，下半晌回来赶着炒制完，再送到村头收茶人那卖了茶，再拿些现钱，买些炒茶的茶油预备炒明日的青茶。祖母是家里的长女，能干精练。

到了现在，祖母的儿孙辈都和已经长到了她当年的年纪，蜜罐子里泡大的孙辈，他们的生活早已不能和祖母当年的困窘相比。当祖母在孙辈面前提及当年的时景，总是带着忆苦思甜的口吻，教导孙辈惜福。

祖母的老话提得多了，连我那些个还是依依呀呀尚且年幼的堂兄弟们都会烂熟于心，趁祖母还刚提了话头就忙不急的把祖母的话给接下去。早年啊，哪有好时光。个么个小芽儿呀。堂弟的声调奶声奶气，模仿得倒是挺像。坐在藤椅里的祖母听着小孩子的话很是受用，毫不生气。

腊月里自家的花生糖，熬得黏黏稠稠，带着嘎嘣嘎嘣的嚼劲。酷暑天里漂在大水缸子里的黄瓜，拌了枣花蜜能调成生脆的冷食。无论是甜的腻的，都不及略带苦涩的茶。喜欢嗅着刚采摘下的青茶特有的涩涩的味道，喜欢看着自家炒制的茶刚出来时外露的光滑色泽，喜欢泡杯茶看那盈盈上升的水汽，腾腾的热意扬起来，氤氲了一身的暖意。

茶味，于我是挥之不散的温暖。

爸爸，我爱你

文 / 张兆伟

其实，我们都深爱着彼此，我们都不习惯表达我们的爱罢了。

一个人躺在操场上，没来由地就想起了你。看着夕霞漫天，日薄西山，就在猜想你这时是不是正在由田里回家的路上呢？你肯定没有，虽然你不算是披星戴月地劳作，却也不会在太阳落山前回家的。

想到这，我的右手腕又开始隐隐地疼。我总是这样，一想事情想到极度伤心或是极度心疼时，右手腕便会痛起来，真不知道这是怎样养成的莫名其妙的毛病。我突然想哭了，你总是不知道爱惜自己，本来长得就不胖，身体又不是太好，给你做了好东西还不吃，只想留给我们。实在被我们逼急了，才象征性地吃下一点。你还不老呢，怎么这么早就对许多东西没有胃口了？

印象中唯一一次牵你的手是在初三。那一天，你突然地到学校来看我，远远地看见你的身影，我高兴极了。飞奔过去扑到你的怀里，然后拉起你的手，一甩一甩地大步走路，还围着你又蹦又跳。我知道我都是十六岁的小大人了，再有这么孩子气的举止，而且是在这么多同学面前，是有些不合适的。可我不在乎！我就乐意牵着你的手，因为我觉得幸福！可是你倒是不自在了，有点不配合，有点脸红地说："别这样了，这么多人呢……"你有抽回你的手的趋势，我偏不，握得更紧了，甩得更高了，连步子迈得也大了，有些任性地对你说："那又怎么了？我就愿意牵着你的手。"你听了，没有再想抽回去，任由我牵着了。你的手不如妈妈的手柔软，有些粗糙，可是让我感觉很安心。

几乎每次都是妈妈给我打电话，回了家有什么心事也会先向妈妈说，好像咱俩之间的距离非常遥远。可是其实我很在乎你的看法的。

去年春天，街上流行打着一个随意领带的女士衬衣。某一天你说："你知道外边穿什么衣服的多吗？"

"这些日子好像就是那种前面松松地打着一个领带的比较多……"

"是啊，我刚才就见了一件，瞅着那衣服真难受，尤其是那领带……"

天啊，你怎么专门就看不上那领带呢？人家就靠着那个才有特点呢！我本来也打算买一件呢，可是，你知道，我的衣橱里现在也没有一件有领带的衣服，就因为我总是想起你不喜欢。

每次写有关父亲的文章，我总忘不了这句话"有人说，女儿是父亲前世的情人"。说的真对呢！有时我真觉得自己和妈妈是情敌，因为你给我的爱绝不亚于给妈妈的爱，甚至更胜一筹。有些心里的苦闷我不知道你对妈妈讲没讲过，可是你会对我说，就像我是个大人一样。这个时候，我也真希望自己是个大人，可以分担你的忧愁，为你轻松地出谋划策。你看吧，我肯定是那个前世没机会嫁你的情人，上帝可怜我，今生把我派到你身边，让我守你一辈子，所以你对我也特别好。比如你对我说："你一回家你妈就顾不上干别的了，只记得给你做好吃的。"可妈妈说："别看你爸现在跟个没事人似的，其实他比我张罗得还早，帮我把该准备的都准备好了。"所以啊，其实你也很爱我，只是不太习惯表现出来，是不是？

我知道你性格内向，不善言谈，所以不习惯说出你对我的爱。我也继承了一半你的内向，所以我也不会轻易说出，所幸我还继承了妈妈的外向，它使我可以郑重地说出：

爸爸，我爱你。

慈母的爱是儿女们的天堂

文 / 匡天龙

去外地出差，为打发旅途的无聊，在车上买了一份文摘报的合订本，没想到却看到了两则让我感动不已的旧闻。

其中一则故事是：一位母亲带着5岁的儿子到动物园看黑熊，此时工作人员正准备将黑熊搬到室内过冬，已经将笼子外侧的铁丝网拆除了一部分。趁母亲不注意，孩子迈过刚被拆除的铁丝网，靠近了铁笼。隔着铁笼，孩子的手慢慢地伸进了黑熊嘴里。母亲一抬头，突然发现儿子的右手已在黑熊的嘴里，把孩子的手拽回来已经来不及了！就在这千钧一发的时刻，母亲猛地把双手伸进黑熊的嘴，一只手代替儿子的小手"喂"黑熊，另一只手护住儿子的小手，拼命地从黑熊的嘴里往外夺。就这样，母子俩的3只手都在熊嘴里。

距离母子俩大约40米远处，正站着4名工作人员。其中1名工作人员事后这样对前来采访的记者说："我们发现孩子靠近熊笼时，就一齐往熊笼跑，但我们到笼子边上时，黑熊已经咬住了母子俩的手。1名工作人员找来一根碗口粗的木棒，击打笼中的黑熊，另外2名工作人员抱住母亲往外拽，我抱住孩子的双腿使劲往外拔。"在众人的努力下，黑熊终于松嘴，母子俩被拽了出来。另一位参与抢救的工作人员回忆说，母亲被救出来后，一看儿子脱险了，再看到自己满身是血，一下子就昏了过去，救护车来了也没醒。

另一则故事是：一座城市发生了地震，救援工作在紧张地进行着。三天后，救援人员听到一阵微弱的声音："救命啊！快来救我的孩子啊！"声音是从一片废墟中传出来的。拨开废墟，呈现在眼前的是这样一幅景象：一位年轻的母亲四肢撑地，腰背拱起，顶着残砖碎瓦，有一个婴儿，躲在她身下，熟睡着。她不住地叨念着："快救我的孩子！快救我的孩子！"当救援人员把她们救出来后，她第一句话就问："孩子怎么样了？我的孩子怎么样了？"医护人员告诉她："孩子很好，没有危险。"她听到自己的孩子安全了，没有危险了，长出一口气，晕倒在地。医护人员赶快把她送往医院抢救。

都说母爱是世界上最伟大的爱。而母爱的伟大，就在于她的勇敢，在于她的坚强，更在于她的无私。危难时刻，母亲最先想到的总是自己的孩子。为了孩子，他们可以不顾一切，哪怕是献出自己的生命，她们也不会有半点犹豫。

一位老猎人曾讲过这样一个故事：在一次围猴的过程中，一只大母猴抱着一只小猴突围出来了。母猴跑到一棵枯树上，再也没有地方可跑了。猎人拿起枪对着母猴，正要开枪的时候，母猴做了一个类似于"暂停"的手势。一只猴能做出这样的手势来，它要干什么呢？出于好奇，猎人停了下来。母猴开始给小猴喂奶，小猴可能不太饿，吃了几口就不吃了。母猴就把那些枯树叶摘下来，把奶水挤到树叶上，然后把树叶放到小猴能够到的地方，它放了很多树叶。最后母猴面向猎人，把脸一捂，好像在说：开枪吧。猎人却再也举不起枪来了，他也从此不再狩猎了。

有人说，慈母的爱是儿女们的天堂，这个世界上，有一座天堂，它的名字，叫母爱。

和妈妈在一起

文 / 高宗飘逸

阿来晚上和妈妈吵了一架，只因妈妈半夜醒来，跑进书房，强行关了他的电脑。他央求妈妈把游戏过了这一关就睡觉，可是妈妈态度很坚决，他被妈妈赶回自己的房间，书房被妈妈锁死。

阿来大哭大叫，说："你是个不讲理的坏妈妈，以后我再也不理你了！"说完，阿来气嘟嘟的钻进被窝，蒙着头不再理妈妈。

阿来是初一学生，在学校寄宿，今天是学校放假的日子，晚上本打算玩一通宵的游戏，把上次没有闯过的关闯过去，没想到被妈妈打乱计划。自爸爸车祸去世，阿来越来越觉得妈妈不再爱他了。同学们都有手机，阿来几次想买，可妈妈均以耽误学习为由给拦下；阿来看上一套恐怖故事光碟，也被妈妈以少儿不宜为由拒买；甚至连阿来最喜欢吃的肯德基鸡翅妈妈也开始限制……种种迹象表明，妈妈确实不再爱他。

阿来得出这个结论，头脑中忽然蹦出一个想法——离家出走，对，等明天妈妈上班后就走。

第二天，妈妈喊阿来起床吃饭，阿来一声不吭，他正猫在被窝里盘算着离家出走的事。妈妈喊了几遍不见阿来起床，知道他想睡个懒觉，最后坐在阿来床头叮嘱："儿子，饭在锅里，要早点起床趁热吃，妈妈去上班了。"

阿来听见外面没了动静，穿衣起床，洗脸刷牙，想到一会儿就要离开这个没有温暖的家，去寻找属于自己的自由，阿来一阵激动。他走进书房，拿起一支笔，在信纸上写了几个字：从今天开始，我决定出去闯一闯，我要找回我的自由，请您不要找我。写完，阿来拿起纸读了一遍，正当他要将信放在书桌的时候，突然地动山摇，还没等他反应过来，书房的物品以及天花板一股脑的向他砸来，阿来趴在地上，楼上楼板断裂，一架钢琴正好罩住他所在的空间，只留下一个小小的缝隙。他用手向外推，钢琴纹丝不动。

此时外面人声鼎沸，人们哭喊不迭："地震啦！"接着又是一阵阵晃动，钢琴越陷越低，接着一片碎砖块铺天盖地砸下来，把阿来彻底埋在了废墟内，钢琴已压住他的头，阿来猫着腰喘不过气来。

周边人们喊声一片，余震频频发生，倒塌的楼房随时都有二次坍塌的危险。

"儿子，你在哪儿？"是妈妈的声音，原来妈妈不顾频繁的余震和别人的劝阻闯进倒塌的楼房来寻他。

"妈妈不要过来，危险！"阿来闭着眼睛流着泪，此刻他手里还攥着那张留言条，却早已把离家出走的事忘得一干二净，他感受到了妈妈的爱。

妈妈循着声音跑过来，找到了阿来的位置，身边没有一个帮手，此时的余震让救援队都不敢靠近，妈妈大声喊着阿来，说她一定想办法救他出来。

妈妈不住的用手扒着石块，扒得双手磨破，血流不止，可是妈妈已不觉疼痛，因为儿子被埋在下面，如果儿子出事才是她心中最大的痛。终于，她扒走了钢琴上的石块，压着儿子的钢琴居然完好无损，只留下一丝缝隙。

妈妈看到了儿子，一边大喊着："阿来，我来救你！"一边用力扳着钢琴向上抬，足有四五百斤的钢琴却丝毫未动。又一次余震袭来，四周墙砖不断坠落在妈妈身旁，其中一块正砸中妈妈脊背，妈妈一个趔趄跪在废墟上。钢琴再次下陷，砖块也一起砸下，阿来更加喘不过起来。阿来急促的大喊："妈妈，不要管我，您快走，这里危险！"可是妈妈怎能扔下儿子不管，只见妈妈忍住疼痛，站起身来，双手再次扳住钢琴，向上猛一抬，钢琴居然动了一下，妈妈一见，满怀希望，一次次用尽全身气力向上扳着钢琴，全然不顾身边因余震而不停抖动的残垣断壁，钢琴终于被搬开一个十来厘米宽的口子，妈妈就这样一点一点的用力，几百斤重的钢琴生生被一个柔弱的女人挪出五十厘米宽的空隙，阿来马上从空隙钻出，带着妈妈跑到安全区域，阿来脱险了！

　　阿来紧紧地拥着妈妈，妈妈却晕倒在阿来怀里，她的脊椎已经折断。

　　看着病床上虚弱的妈妈，阿来知道，这次地震，是妈妈给了他第二次生命，是妈妈给了他重新成长重新审视自己的机会。他偷偷将手中那张离家出走的纸条揉成一团，暗下决心再也不做离家出走的蠢事，无论如何，要和妈妈在一起。

有时，我也想轻轻地拥抱你

文 / 马紫晨

芳华待尽，你在我的世界之外踌躇，想要走近却被一张穿梭的网隔绝。我在成长路上踽踽而行，身后的风镌在你心，轻声絮说"不必追"。

——题记

成长的海滩上满布我歪斜的足迹，而父亲是一个谨小慎微的男子，他沉默寡言，双眼射出冷厉的光，这或许是因为他长年外出的缘故，但我却实实在在不大喜欢他，所以我俩之间的语言不过两句话——"回来了""嗯"。有时我会憎恶他，因为他的爆脾气往往迁怒于他人。

抑或我的憎恨和一个背影有关。

那年冬天，母亲得了乳腺增生，每天疼痛得厉害，年仅八岁的我慌得不知所措。慌乱的我给出差的父亲打了电话，而他却冷冷地说："我相信，你自己会解决。"我的心怦然一动，满满的怒气萦绕。母亲的脸腊黄得像风干的鸭皮，艰难地呻吟："没事，我去。"我看见她佝着身子，下楼时蹒跚着脚步，努力挺身，回头不放心地对我说："你爸是对你好，叫你学会分担责任和自立。"她的脸皱缩成一团，别过头，扶着墙，艰难地下了阶。我突然为母亲感到不值和愤慨，对父亲的恨从此深埋心底。

上了初中后,父亲开始每天接送我从华阳到双流,在车上我往往会以不屑的态度面对他偶然的一次关心,跳下车进学校的时候,对我来说是偌大的解脱,以至于义无反顾。初一将要半期考试的时候,父亲再三叮嘱我明天要早早起来,不要误了考试,我心里除了嗤之以鼻没有别的感受。第二天清晨,天空被墨汁浸湿了般阴沉,洒着昏昏蔼蔼的雨。父亲一大早就发动了车站在楼下,过了一会儿便在下面叫我。我在睡梦中隐隐地听见有人唤我,心里憋了一大股气,暗骂着父亲,怏怏不乐地准备上学。到了楼下,父亲没有打伞,头发上像结了一层银网,艰难地挑着成千上万的水珠,他见我下来,责备我说:"怎么没打伞?""忘了。"我打发他:"赶紧走吧。"父亲从车里扒出一把晦暗的伞,似乎很久没使过了。"你打着,避避雨。"父亲说道,"可惜,只有这一把了。"他把伞递给我惋惜道。我僵硬地接过,有些尴尬。他用手顶在头上,一脚深一脚浅地迈过几洼水坑,到车门旁边哆嗦着拍掉大衣上的水珠,哎地一声坐在车里,我的心咯了一下,突然发现父亲似乎老了,有些事的确是该自己做了。我打着伞,小心翼翼地钻进车。

　　到了学校,父亲拿过我的伞,叫我先不慌出来,自己打开车门,雨顺着风肆无忌惮地飘进车,父亲用力地钻出车门,撑开伞,站了起来,走到我坐的车门外对我说:"出来吧。"我打开车门站起来,父亲为我打着伞,说:"把伞拿进学校,别淋着。"我的眼角飘进了雨水,酸涩起来,其实我很想把伞给父亲,抱抱他年老的身躯,说我懂了,只是我怕在人流中显得碍眼,别人又会怎么想呢,我已长大,有些事想做,却不能像小孩了。

　　父母终究会老去,在我们孤独成长的路上,学会生存、学会体谅是父亲对我所期望的。现在我渐渐地开始用心轻轻地拥抱父亲,告诉他我已经长大。

听妈妈讲那过去的事情

文 / 朱佳文

曾经,我一直以为爸妈生来就是大人,一次小风波后才知道原来他们也有属于自己的童年。

"我要学游泳,我要学游泳嘛!"我不依不饶地缠着妈妈非要在暑假游泳报名单上签字。但妈妈却坚决不同意,叹息道:"唉!游泳啊,真是噩梦……"

"噩梦?"

"想当初,农村里有一台电视机就已经十分稀罕了,更别说什么电脑、游戏机了,连听都没听说过。村里的孩子没啥娱乐方式,游泳就成了既解暑又解闷的不二选择。一到河边,脱下外套,像一只只青蛙'扑通扑通'跳下河。有的蛙泳,有的狗爬,有的跳'水上芭蕾'……而跳远是我拿手强项,从岸上猫腰一跳,就跳到了河中央,但是只会在原地手忙脚乱瞎折腾。看着别人在水里如鱼儿一般灵活,心里真是羡慕嫉妒恨。唉!现在学游泳已经来不及喽,应该把握住童年呀!"妈妈脸上露出可惜的表情,好像在期盼重温童年,再战碧波。

唏嘘了一阵后,妈妈喝了口水接着说:"不巧得很,才游了一会儿,天空中便乌云密布,电闪雷鸣,不一会儿,便下起了倾盆大雨。别人都游到岸边,自顾自地奔了家。而我,手脚并用奋力地划了半天,划得我面红耳赤,气喘吁吁,还是在原地纹丝不动。早知道,我就靠岸游游就

好了，偏要跳到河中央去，不是没事儿找事儿？"

妈妈翘着嘴唇，皱着眉头，似乎在不满自己当时的愚蠢决定，但又马上两眼放光，眉飞色舞地说道："雨越下越大，我在河里像个燃料用尽的机器人，有气无力地机械划动着双臂。在越来越冰冷的河水里冻得瑟瑟发抖，又像一只无助的溺水小鸡，快要被水卷走了。终于，我坚持不住了，呛了几口水。就在这时……"妈妈突然提高了声音，差点把我吓了个跟头，"一个老太太正巧路过这里，用拐杖把我钩了上来。这就叫做'吉人自有天相'吧！"

我听得津津有味，刚听完一个，又催着妈妈讲下一个，早忘了游泳报名的事儿。

"下一个嘛，"妈妈挠着头，朝我挤了下眉毛说，"好吧，尽管不太光彩，也挺有趣。吃一堑长一智，那次过后我再不敢去游泳了，要不你可能就见不到你妈我了。哦……连你都没有了。那天，我拿了一个小锄头，在农田里一下紧接一下地刨着土，干得汗流浃背，连头上的汗都顾不得擦一下。终于，功夫不负有心人，一个脚盆大小的坑完工了！我蹲在里面，为自己的杰作而得意。但你姥姥如果知道了，我肯定逃不了享用一顿'竹笋炒肉'。我又舍不得亲手毁了我的心血，只好瞒着她。纸是包不住火的，你姥姥第二天就发现了，施肥的时候顺手往里浇了勺臭烘烘的粪水。当我再次来到这儿时，立刻被臭气'赶'回了家。"妈妈的脸红到了耳根子，像一个熟透了的柿子，又像一只红脸猴。

哦！原来妈妈的童年是这样的，清苦中却透着丝丝甜意！我宁愿过这种无拘无束的"苦"日子，也不愿过只能宅在家望着电脑发呆的无趣生活。

蓝色盒子

文 / 苗茜

今天下午吵着要给自己量一下身高,于是姐姐就在卧室的柜子里找卷尺,找了半天遗憾地说,好像找不到了,我不服气,就又找了一遍,却看见了一个在衣柜最底层的蓝色缎面的小盒子,特别惊喜,因为记得这个盒子是小时候用来放东西的,长大之后,看见一点点跟童年有关的东西,总是会很惊喜,好像里面藏了什么秘密,非要探寻一下,心情又忐忑又激动。

打开这个与现代生活格格不入的小盒子,看见里面的东西有一点惊讶,又有一丝意料之中,在我记忆里,我小时候是一个特别好动的人,经常在家里东翻翻西找找,这个盒子也被我找玩过,但是长大后的今天再看一次,没有喷涌而出唏嘘的回忆,只是充满了淡淡的温馨。

破碎了的水晶花

这个蓝色缎面盒子原本是盛水晶花的,水晶花是妈妈在我很小的时候送给我的生日礼物,生日之前我就看到过妈妈把这个盒子藏起来,后来等妈妈白天出去上班后,我开始翻箱倒柜地找这个小盒子,打开一看是一束水晶花,透明,有棱角,阳光透过它散射,好像在对我微笑。我很开心又骄傲这么美的东西是属于我的,欣赏完后为了不被发现,我小心翼翼地把盒子放回原处,不过心情却是掩饰不住的,妈妈回到家,一看我快要咧到耳根的笑容就知道她的礼物被我看到了,在过生日那天我终于拿到了她,后来这个水晶花被妈妈打碎了,但妈妈一直帮我保留着碎片。现在看,即使是碎片也那么剔透,原来想问妈妈为什么送我水晶花,怎么把它打碎了,但一直到现在也没问。

签名小本

2005年到中央电视台演出,那时才10岁,每天在演播大厅排练室,根本感觉不到累,只是玩来玩去,东奔西跑,我们跳的舞蹈里有几个哥哥是舞狮的,当时可能因为是小孩,他们特愿意跟我们玩,而且我们也住在同一个酒店,就记得他们总是笑笑的跟我说我们照相好不好呀,不知道为什么我总是不想跟他们照相,那时买了个小本子,天天守在后台找那些漂亮的舞蹈演员签名,当时在自己眼里觉得这就是大明星,唧唧喳喳的天天跟在他们后面,看他们排练,长大后,知道其实他们根本算不上明星,在舞台上舞蹈演员是最容易被人忽视的一群人,但是他们的努力,丝毫不亚于别人,想来,当时他们被我们认为大明星要签名,他们自己也很开心吧。

济南千佛山挂坠

济南住着我最亲近的亲人,所以几乎每个假期都会到济南待一阵子,最喜欢济南繁华带着平静,潺潺的泉水在街道发出俏皮声音的感觉,千佛山作为济南三宝,几乎每个游客都要去看一看,当时是济南最热的时候,千佛山的地面被烤得烫烫的,人也汗流浃背,气喘吁吁,一瞥正好旁边有一个正在装修的佛洞,就进去想讨个阴凉,走进去除了未装修的部分，其余与其他佛洞都是一样的，墙壁上雕刻着不同种类的佛，有的呈飞天，有的打坐，有的凶神恶煞，有的面露慈爱，所以也叫千佛洞，正往深走去，前面有一个黑糊糊的东西挡住了路，顺手一拽，一大块布落到了地上，心里一想，完了，把人家的东西弄坏了，赶紧跑出洞外，还学电视剧中的人，站在一个小摊前观察一下有没有工作人员追出来，小摊的老奶奶笑眯眯地问我，小姑娘属什么呀，买一个保平安的挂坠戴吧，当时我慌乱之中就买了一个猪的挂坠，后来看没有人跟出来，才放下心回到里面，一看原来刚刚只是一块遮尘布掉下来了，但是阴差阳错得到了这个小猪的挂坠，以后每次看见这个挂坠，就想起自己当时好笑的模样，不自觉就笑起来。

  在我的身边任何一件小东西都可以说出一个小故事，东西很平凡，但是感情却不平凡，以前从未想过用文字写下它，一是感情不够充沛二是自己的文笔实在太差，但是今天突然有了很深的感情，才想到一个合适的方式，用笔来叙述它，身边有太多的精彩，平常我都忽略掉了，写出来才真正明白自己生活的多么有意思啊，但自己确实需要好好练笔了，不然想表达的感情就无法表达出来了。

世界上最后一个易拉罐

文 / 王璐瑶

"哐哐哐",公交车上我被踢来踢去,在人们的眼里我是多么渺小……

人们显然没有注意我,有一个女人还用高跟鞋踩了我一脚。到了站,空空荡荡的车子里我还静静地待着。猛然之间,车子一个急刹车,我从车门口冲了出去,落在了马路中央,又有一阵风把我吹进了花坛里。"唉!真没想到,世界上只剩下我一个易拉罐了。"我长叹了一口气。也许吧,我的同胞姐妹们都已经加工成了各种高科技产品,现在你瞧瞧我,什么样子嘛——还是老样子。

太阳火辣辣地照着大地,我弱不禁风的身子好像快要融化了。突然,一个举着大剪刀的花匠过来了,我觉得我有希望了,也许我会被他取走,然后放到加工厂里面,把我加工成了一个人见人爱、夺人眼球的高档礼品。可让人沮丧的是那个人对我毫不理睬。顿时,我感觉我的头顶一片乌云,在这个阴暗的花卉丛中,我做了一个可笑的白日梦。这冷酷的世界哪来的希望,我在心里默默埋怨道。一年又一年,时间好像是小溪流水一般悄悄地从我的身边溜走。我沉默了多年,别人认为沉默是金,可我不这么认为,我便大声叫喊:"我要成为纪念章,哦不,我要成为相框,摆在最显眼的地方。"

这句话被旁边的花花草草听见了,它们随着微风轻轻摇摆,仿佛都

在嘲笑我一般。我——易拉罐贪欲十足,总想做最好,做不到最好,决不甘心。而且以前我在易拉罐世界里也是最漂亮、最拉风的易拉罐,今天沦落到这种地步,我不甘心。

我开始寻找希望,希望我能成为出人头地的佼佼者。一天,天空中灰蒙蒙的,但突然之间,出现了一道光,闪出一个仙女,最令我惊奇的是我旁边的那株花不见了,难道她是花仙子?"我……我……说的那些话,你听见了吗?""当然!你不是很想成为众人瞩目的焦点吗?哼哼!那我就满足你这个愿望。"我十分开心,可万万没想到的是,她居然将我埋入土中。"你的虚荣心太强,把你埋入土中是让你好好反省。"仙女冷冷说完这句话扬长而去。我似乎明白了——

但,我真的错了吗?不,我要这天,再遮不住我眼;要这地,再埋不了我心;要那众生,都明白我意!

当语文离家出走

文 / 吴佳宁

话说在 2012 年的某月某日，我拉开书包拉链准备拿语文书预习。"什么！语文书不见了！"我大惊失色，一把抓起书包放到腿上就开始找。可是，无论怎么找就是没有。我困惑极了：语文书到底在哪里呀？

第二天一早，到达了学校我便赶紧询问同学。原来，他们也是和我一样的遭遇，大家都没了语文书。

"丁零零……"上课铃声响起，我们便无精打采地上起了没有语文书的"语文课"。秦老师一进来，打开了电脑投影。只见，一排排看不懂的文字呈现在了我们面前，我们心中又充满了疑问。秦老师也惊呆了，便提起粉笔在黑板上写起了字。他转过身来，我们一看，这哪里是字，简直是"火星文"嘛！这下我们更是丈二和尚——摸不着头脑了。看来这板书是看不成了，我们就自己写作业，可根本就"鬼画符"嘛。唉，这课也是上不成了。

回家躺在床上，仔细回想着这件怪事，慢慢进入了梦乡。

"快，快来，有人已经睡着了，我们终于可以进来休息一会儿了。"说话的是谁？咦，那不是消失的语文书和文字吗！让我来听听它们说些什么吧。

"人类真是太不爱护我们了，把我们弄得浑身是伤，呜呜呜……"一个浑身脏兮兮、缺了封面的语文书边摸着"伤口"边说。

"就是就是,杜甫前两天还传话给我说,他最近忙得都没脸见江东父老了。小主人也经常在我身上画画呢,你看——"它指着"肚子里"已经被涂得不成样子的人物埋怨道。"还有还有……"它们一个个争先恐后地告起状来,喧闹声早就把我吵醒了,它们的谈论我悉数听在了耳里。

一大早起来我便奔向学校,跟大伙儿说明了一切。原来这都是我们自己的错呀,于是我们每个人都向自己的语文书端端正正写起了保证书:"我正式向语文书道歉,从此将善待语文书,决不乱涂乱画,丢三落四……请语文书回来吧!"感谢"文字"临时给的特权,我们终于能写字了。看到这番话,语文书们早已消除了心中的怨恨,回到了主人的身边,文字们也回来了。

我心中默默地想着:语文书,我一定不会让你伤痕累累的!中国的文化是悠久而美丽的,可以通俗但绝不能庸俗,可以恶搞但绝不能没有底线。让我们爱惜各种书本,珍爱中国文化吧!

地球拯救战

文 / 宋明洁

相传在一个遥远的年代，动物和人类是好朋友。因为人类大量地砍伐树木，使许多动物无家可归。因此动物们开始憎恨人类，都离开了地球，去外太空寻找和平生活。就这样，人类与动物的感情变得十分疏远。

一天，外星球的细菌入侵地球，大肆地散布细菌，将地球变成了一个"细菌球"。人类没有办法打败它们，只好硬着头皮去找动物们帮忙。然而，对于动物们来说，这些曾经伤害过它们的人类现在来求助，它们会甘心帮忙吗？答案只有一个——不会。

痛定思痛，人类明白了：爱心、善心是每个人都必须具有的品质，一旦你失去了它们，你的一生都将生活在灾难中。于是他们以自己的真心对待动物，取得它们的信任。但这并不是一件容易的事。

终于三年后，动物们见人类这么友好，实在不忍心再排斥他们，决心伸出援助之手。

它们在飞仙国国王那里，求得了一把打开王族图书馆的钥匙，里面记载了每一代国王任期内发生的大事件。其中就有细菌入侵星球的历史记录，记载那一任的拉法伊国王是怎样把它们消灭的。打开图书馆大门后，动物们与人类一起找了起来。图书馆里有一只鹦鹉"皮皮"，它是只经常调皮捣蛋的鹦鹉。国王拿它没办法，只好把它封锁在这里。这不，它又开始闹了。在这关键时刻，它居然还是吊儿郎当老样子，怪不得叫"皮皮"呢。看！乖巧的大头兔、憨厚的博士熊、可爱的花毛虎、文静的补丁狗，它们都在聚精会神地寻着呢。

"看，我找到了。"突然响亮的声音打破了这紧张的气氛，只见男孩拉迪拿着一本积满灰尘的古书飞奔过来。动物和人类的目光都转向这个男孩。其中有个叫丝露的女孩迫不及待地说道："快给我们看看！"于是，他们都一窝蜂地围着拉迪，一起看书的内容。

没过多久，他们便知道了破解的方案——要在冰岛上采到狐果、伽果、龙藤果这三种果实。然后把它们磨成粉末，撒在细菌上，方能奏效。

大家团结起来，一起夜以继日地忙活开了。功夫不负有心人，他们终于胜利了。世界又恢复了一片安定，动物和人类又成了不分彼此的好朋友。

迷 失

文 / 孔洁

时间仿佛未曾远去。

是我绕了一个大圈，最终回到了起点，抑或这场亦真亦幻的迷失只不过是我脑子里的又一个稍微有点意思的故事，我始终不得而知。我只知道，此刻，在我的梦境里，天空还像灵魂一样蓝，灵魂中挂着那沉默的金灿灿的太阳。

一、梦境

那是我的梦境。

起初，宇宙还未形成，我的四方里是一片没有颜色、没有声音的混沌，只有我一个人在这混沌里行走。于是我成了我一个人的上帝。我说："要有光。"梦境便一片光明。我要了蓝色的涂料和一个太阳，用以装点我的梦境。天空是灵魂一样的蓝色，那永不坠落的太阳就挂在灵魂的正中。光和暗的比例被完美地调和，太阳光温暖而不耀眼。

我用了七秒创世，觉得如此安宁静谧已然足够，便躺下来休息，满怀欣喜地欣赏着我的梦境。许是躺了七个世纪那样久吧，我终于开始感到厌倦和无聊。于是我大声喊出七个世纪以来还没被我忘记的那些稀奇古怪的想法："要有巨大的星星。""要有彩色的风。""要有厚重的云朵。"……

梦境变得喧嚣而拥挤，可我还是觉得无趣，就命令那太阳说些什么。太阳满不情愿地扯开了嗓子，唱着没有调子的歌，被那些横冲直撞的星星撞一次就停下来骂一句难听的话，唱累了它就喋喋不休地向我抱怨，不是它太累了，就是我的梦境没劲儿透顶，或者其他诸如此类没好气的话。我竟从不知道我的太阳有这么多的牢骚，它一点儿也不满意我的梦境。

终于有一天太阳反常地停下了抱怨，它甚至有点儿高兴地对我说，它马上就要离开这个见鬼的破地方了。我这才注意到它正像宇宙里无数个星系那些以逃逸的速度越来越快地离我远去。我没多想就跳起来去追我那该死的太阳，用它曾经讲过的骂人话狠狠地骂它。它只是哈哈大笑着，滑稽地绕着我转了个圈，在我徒劳无功的追逐和积满怨恨的目光里消失不见。

我恨恨地跺脚。我一定是大千世界这么多梦境里最失败的那个上帝。

无可奈何，愤恨也没有用，我只能试着去接受和庆幸那该下地狱的太阳没有连带着偷走所有的光。可当我抬起头，有一片灰蓝色的光轻柔地落到我的眼底时，我感到迷惑。

二、灰色城市

我花了很多时间才让自己相信，太阳带着我进入了别人的梦境。

这个梦境的边缘是一片毫无生气的灰色荒原，空气停滞，仿佛连风都不敢发出一丝呜咽的声音。我走了很久才离开荒原，只差一点就要被沉闷的气氛憋死。梦境中央是一座微微向左倾斜的城市，每一座钢筋水泥的建筑物都被灰蓝色的天空拉得格外细长。狭窄的水泥马路上挤满了没有声音的行人，他们整洁的衣服上都沾染了一种擦拭不去的黯淡的灰色。我冲他们喊话，打着各种各样的手势，拦住他们匆匆的脚步，不少人奇怪地看我两眼，继而悲戚地摇摇头，不出声音地继续行路。

那个时候我仍旧以为这是自己的梦境，只不过被太阳改造得满目全非。我茫然地站在街的中央，看着千千万万个发不出任何声音的灰色人在我身边用他们自己的方式行走，奔跑，叹息或发呆。有个步履匆忙的高大男人撞了我一下，他只是回头冲我胡乱地点点头，没一点歉意地表示道歉，继续奔向不可知的远方。

我在那个城市里游荡了很久,无数遍地试着以上帝的身份命令这个梦境,可我还是没听到任何声音,没见到灵魂一样蓝的天空。

　　后来在城市的一个花园里,我终于见到了这个梦境的主人公。那时我坐在一棵掉光了叶子、树枝像女巫长长的手指一样扭曲着指向天空的树下,百无聊赖地四处张望,对夺回梦境和对太阳复仇失去了所有的向往和希望。我不知道那个正在做梦的我什么时候会醒来,把我解救出来,偶尔我也会绝望地猜想,就算我醒过来投入现实的生活,我也只能继续待在这里,因为我们是两个不同的自我。

我之所以能在那种身心疲惫、思维涣散的时刻注意到她，完全是因为她的周身有一圈带毛边的光晕，在灰暗的背景下看起来格外扎眼。我听见她说话，和她一起站在那圈光晕里的灰色人从容自如地应答。他们的声音远远地传过来，在我沉寂已久的鼓膜上敲出美妙的鼓点。我根本没在意他们在说些什么，只是享受着这种不同于我的嗓音的音色。仿佛这些简单的话语，便是世上任何东西都无法比拟的绝唱。

我愣了很久才想起要冲上前去。我起得太急差点被自己的脚步绊倒，可我没有任何感觉，只是努力着跑得近点，再近点。我的喊叫已经冲出了喉咙，赶在我的双脚之前到达。我满怀期望地注视着他俩，等着他们的头抬高哪怕一点。

那女孩确实抬头了，用茫然空洞的目光望着我这边，侧过头去问那个灰色人："你听到什么声音了吗？"

"我想没有，佐伊。"灰色人老老实实地回答。

我猛地刹住脚步，我离他们只有两米的距离了。这时佐伊耸耸肩，和灰色人一起转身走开，留下我大感不解地怔在原地。

这不是我的梦境。我也不知道为什么我会这么强烈地意识到。

其实我早该明白，太阳怎么会带着我在自己的梦境里绕圈子。

太阳。我悄悄攥紧拳头，指甲掐进手心，没有疼痛。我得回去。我得找到它。

三、迷失

总的来说，太阳不是个难找的东西。你只要扫一眼天空，确定那里是不是有个发光体正在嘲笑你就够了。真正难找的，是下一个可能有太阳的梦境。我渐渐发现一直往前跑往往离不开梦境，除非你想一直跑下去。梦境的入口和出口往往让人觉得莫名其妙，比如有一次我掉进下水

道，发现自己竟从下一个梦境的主人公家里的壁炉里爬了出来。

我就这样迷失在了无数个梦境里，唯一支持着我继续走下去的是那个太阳。我曾尝试过去记忆每一个梦境，记住天空的颜色，主人公的样貌，充当主人公的背景的那些行人的共同点，但很快千变万化的各种梦境就让我感到力不从心和厌倦。无论是谁的梦境，我终究只是个不请自来的讨厌客人，这是个惊鸿一现的过路人。我哭，我笑，我呼喊，我尖叫，我冲那主人公跺脚吐舌头扇耳光，所得的不过都是一片能逼疯人的寂静。没有人在乎我，我就像是被抛进了深不可测的枯井里，看得见日月星辰的东升西落，却只能惶惑地原地打转，只能听见自己的回声一遍遍在井中横冲直撞。

于是我学会了灵魂的失敏，学会了以寂静武装自己，以寂静抵抗寂静。我开始相信宿命，开始觉得当初把自己看做上帝是件多么可笑的事情。冥冥之中定是有一种力量操纵这一切，为惩我的狂妄，赐此一劫。

有时候我会想到那个正在做梦的我，我离开的最初的那个梦境，不知道那个正在做梦的我，看到的是我眼前的别人的梦境，还是那一片空荡荡的灵魂一样的天空。

四、戴斯

我知道我迷失梦境的故事无聊透顶，所以我没指望你们会读到这里；可如果你碰巧挺有耐性，别急，我亲爱的读者，我马上跟你讲讲戴斯。

戴斯梦境的入口在浮冰之上。我习惯性地抬头扫视天空，没有太阳，天空淡漠地阴着脸，不阴亦不晴。周围的海水呈现出日落蓝的颜色，比我的灵魂蓝深沉许多。我离开危险的浮冰，在岸上碰见了戴斯——彼时我尚不知晓他的名字。他坐在海边的礁石上，蜷缩着身子，眼睛一直盯着海天相接的地方，仿佛下一秒钟那里就会出现什么。他的额上带着一顶青铜的旧冠冕，看起来就像个真正的上帝。

我早已不抱任何能与梦境主人公沟通的希望，所以当戴斯开口时我吓了一跳。他把头转向我，苍白的脸上没有任何表情。他招呼我："你好，洛斯特。"

四周的冻土荒原和深蓝海洋荒芜而寂静。我不确定地开口，讶异地发现自己的声音嘶哑粗糙："可是我……"

戴斯很耐心地解释："那是我对每一个梦境迷失者的称呼，洛斯特。我知道每个洛斯特终有一天会来到我这里。那片死亡海便是他们的圣水，为他们洗去一路的风尘。但在那之前，我会为你实现一个愿望。那么，告诉我，你最想要的是什么？"

我不知为何相信了他神神叨叨的话。或许是因为他是这么多年的迷失中唯一一个对我说过话的人。"找到那太阳。"我不假思索地回答。那时我满脑子想的还是太阳的事，没意识到自己面对的究竟是什么。

戴斯笑得很宽厚，他日落蓝的眼睛里仿佛暗藏着过往无数梦境迷失者的苦乐。他说："我建议你再好好想一想，洛斯特，不要太快地下结论。我问的是你最想要的，是来自心底的渴望。有太多太多的洛斯特告诉我他们在迷失太久后真正想要的是解脱，是一个永久的安宁平和之所。可我实现了他们的愿望之后，他们才发现那根本不是他们原来想象的那个样子。"

我沉默了。热心的戴斯向我建议："如果你想不明白，就四处逛逛吧。别着急，你还有很多时间。"

于是我重又上路。

戴斯的世界冷到极点，天气清朗时还算好。一旦冷风吹起，大雪降下，梦境深处就会传来不知道是什么东西的叫声，在身体冻僵的同时把所有的感觉冻成冰块，唯独剩下鲜活的恐惧。

我不曾经历这样严酷的梦境。我被埋在积雪底下时，脑海里就自动播放起那些我所经历过的梦境的样子。最后一个总是我自己的梦境,没有喧嚣,没有漠不关心,没有孤独,没有寒冷。我说不出我有多强烈地想念那里,想念那灵魂一样蓝的天空,想念那不会说话的太阳。

当我伤痕累累,冷得四肢僵硬,脸色苍白地回到戴斯面前时,我说:"我想回去,回到我最初的梦境。"

戴斯笑得很开心:"我已有许久不曾听过这样的答案。请你过来,洛斯特。"

我像是被什么力量驱使着,机械地走过去,茫然地看着他抓住我的手臂,另一只手的指间有银光闪过。

他手中那把明亮耀眼的小刀,正对着我的心口飞速划下。

五、尾声

我睁开眼,望见那片熟悉的灵魂蓝。那颜色一如既往地温和,却莫名让我的眼里泛出泪来。我始终不知道这一场迷失究竟是真还是幻。只是偶尔,在那蓝色天幕背后,瞥见一双日落蓝的眼睛,微微眨动。

触不到的恋人

文 / 周瑜

最后一次回眸，看到泪水涌出情人的眼眶，
顿时明白即将消失的未来只能在另一个时空难过忧伤……

——题记

涂了铂的铃铛发出叮叮当当的碎响，无数晶晶亮的粉末状物质在空中飘荡，是雪。当处女座回归正位。天使们便要离开圣母来到人间寻找需要守护的孩子。伴着飞雪，她们的翅膀白亮如脂。而风是她们舒缓的心跳。

拨开云雾，人间已被雪覆盖了，白雪吹起薄薄的纱衣，雪末不断地抖落飞扬。掠过阳光化作闪亮数点。幽雅的大地女神露出温柔的微笑，她轻柔地抚摸着大地。洁白的雪原上忽的冒出点点小花，迎风摇摆。

"天使……"山冈上传来一声稚嫩的呼喊。翼听到了，她诧异地回眸。那是一个可爱的小男孩。你需要我吗？翼降落在山冈上，男孩圆圆的脸蛋上嵌着一双清澈的眼睛，只是双眸中有着一丝淡淡的忧伤。人被生下来便是要赎罪的，每个人的转世都有着他们各自的意义。为了做一件未做完的事，或者为了等一个未等到的人。

"可忧伤不该是你的呀，"翼跪坐在男孩身边，"你怎么了？"

"我想要妈妈。"小男孩摩挲着小花，扬起天真的脸望着翼，那张脸在阳光下是耀眼的，周围仿佛涂了金，令人目眩。

"让我来守护你，可爱的孩子。"翼说。

青春从绿叶上滴落，循环于周身的血脉静静流淌。翼摊开手掌，手心是光润的，没有一条曲线甚至纹路。因为她的命运是交付给上苍的。而如今，她只想守护一个人，让他的命运能够少一些坎坷，多一些平顺。她想在时光的银河中抓起更多的幸福用来填补他心中因忧伤而缺失的一块，让痛楚映出笑容。

然后，不断的……

年复一年，春回雁归；年复一年，夏炎绿浓；

年复一年，秋凉叶落；年复一年，冬寒冰结。

人间一岁一蹉跎，当圣诞的钟声再次敲响，天使就该离开已长大的孩子，回到自己的国度。当年的小男孩长大了，少了些许懵懂多了几分成熟。而翼的羽翼渐丰，闪着晶莹的光泽。她微微牵动嘴角，甜甜的笑窝现出来，让一个吻印在男孩的额上。温热的气息自心底浮起，了然于胸的情感不知该怎样隐藏，只是在岁月的痕迹里，在几个恍惚间寻到了那一刻的心动。

"怕是要离开了。"翼清透的眸子顿时蒙上了一层浓浓的感伤，水雾漫上来，遮住了视线。

是夜，尼龙纱似的流云网住了月儿的蝉鬓。如同心中的墨水晶透出银星的闪亮。翼张开翅膀飞向天空。她想再等等，可等来的却是轻轻滑过的泪痕。

"着火了！"有人惊恐的喊叫。翼的心忽的紧了。是他！他在里面！救他啊！然而等待翼的天使拉住了她："火势太大了，你救不了他的！"翼请求雨神下雨，但雨神遗憾的告诉她，这是自然界的定数，任何人都不能违背，神也是一样。

不！

翼没有理会任何人的劝告,她扑向浓烟滚滚的屋子,张开翅膀,把男孩紧紧地裹住护在怀里。一瞬间,羽毛如雪片般飞舞,在烈焰中燃烧。"因为我是天使,所以我只守护,你所有的幸福。……生命的脚步……再等等……"

火焰化作色彩斑斓的琉璃丝,缠绕着,飘摇着。远处的天空已红霞嫣然,似果酱般浓浓的黏稠。翼变成了茫茫水气上升,上升,在空气中四散开去。没有人看见,没有人留意,有的只是天使们的一双双泪眼。

屋子烧得只剩下框架,男孩却安然无恙。在医院沉睡了一天一夜后醒来。当他再回到那框架前,许多人告诉他那天屋里下着雪,似乎看到一个长着翅膀的女孩冲进了屋子。

他听着,却是一脸茫然,似乎想到了些什么,却又抓不住,成不了形。

最后一次回眸,看到泪水涌出情人的眼眶,顿时明白即将消失的未来只能在另一个时空难过忧伤。

他注意到自己一直紧握着的拳,摊开手掌,一根洁白丰润的羽毛静静地躺在手心里,根部还带着新鲜的血液。他愣愣地看着。

"天使?!"他突然醒了,向着儿时的山冈飞奔。张开双臂,对着天空呼喊。然而湛蓝湛蓝的天空唯有白云飘过,除了来自林间的呼呼风声再没有任何回答。

他哭了。

来自星星的你

文 / 杨一欣

很多年前,有一片孤零的风告诉我一些事情,它言及自己是从某个星天外被捎来的信件。我自认不相信我的交友范畴会大到星际之间,但它带给我的惘然使我有了一种难以言说的感触。后来,这片风走了。

过了一段日子,我能闻嗅到春天气息的时候,我看见漫山遍野的花草全开放了。这是春的兆象。我的指尖在和眼睛的交流中,常能不由自主地共享一些春的味道,它也知那是春风。春风跃过成群的山,遍地的湖,招摇的花朵,丛生的树木,最后倏忽闪过我的指尖。我时常想起那片自称来自星空的风。

后来(离上一次还要远些),有一阵雨下在了我的窗前。那时我正在写一篇有关风的箴言,静静地延伸于文字的往事中。我在恍惚之中听到有人在呼唤我,于是缓缓地抬起头,发觉窗外有一丝雨水在停滞而身形摇摆不止。我走到窗棂边上,用手掌扶起它,它看见我显得很是高兴。它说它又来了,又看见了我,真巧啊。我听完不觉拾起了从前的惘然,因为我未曾在这丝雨身上找出半点熟识的味道。它见我讶然,于是笑笑,说自己便是当年的那片风。这一下子猛地敲开了我的忆记。我问它为什么不好好做风,偏偏当起漂泊无凭的雨来,它说自己巧合之下跃过湖水,被刚好升腾的水汽带升到天空,于是成雨。我愈觉讶然,不禁问道,你还回星星去吗?它不语。

片刻之后，这丝雨消融在我的手掌中，然后褪去了它的滋润，沉坠至泥土之内。我知道它又要赴一场不可知也不可设想的约，然后它便要幻化形状似的变革存在。我捻过风的分量，也握过雨的轻重，只是它的这次离去，不知还会变成何样。

我一直记挂着它，记挂着它的所来，还有它的所往。我不知晓那颗离此有几百亿或几千亿光年的星星是何等模样，但我连友人是风是雨也未曾判定。我与它太巧相遇，于是种植感觉在心底，而此事只能凭靠缘分。

最后一次见它，它已经忘了我。那时它是一片风，又回溯到原来模样。我兴冲冲地跑上前去询问经历，它却给了我从前我的讶然。它说它不认识我，与我也是第一次见面。这让我不知所措。它说自己不来自任何地方，永远是自由的主人，因为它是不凡的风。之后它便哼着风的歌谣飞走了。

从那之后我便再没见过这片风，这丝雨，而很久之后我想起这一切，我认为是它骗了我。它不来自任何地方，更不来自什么星星，它只是一个普通的形态，进行着一场旅行，或是一场奔赴，或是一场游戏。三次相遇我不见得认识了什么，只是它还永远沉醉在风里雨里。我知道这是巧合，它也只是将偶然携带进了风里雨里。

最后的阿喀琉斯

文 / 余明静

一

"现在,莱特,回过头来看一看这美丽的星球。"

他回过头,那颗蓝色的星球笼在一层淡淡的温柔的水汽中,赤道上方是一圈密集的同步卫星,散着银色的光芒,仿佛为勇士加冕的光环。它表面的蓝仿佛有生命一般缓缓流动,明明暗暗。

蓝星。

又梦到它了。莱特睁开眼,习惯性地抚摸左耳的晶蓝耳坠,不小心牵扯到肩膀的伤口,他皱眉,放下手臂,抬头盯着熔洞顶部的岩石发呆。伤口并不深,以他的身体休息一段时间便可完全愈合,小女孩安杰丽卡蜷在他身边,哼着蓝星的歌谣,悠远得让他有些疲倦。

这已经不是过去太阳系中如蓝水晶一般温润美丽的蓝星了。第五冰河纪后蓝星的气候急速恶化,磁极偏移导致赤道面偏转,黄氏交角改变,使蓝星在极短时间内交替经历严寒与酷暑,南北极消失,海洋淹没了墨西哥以及亚马孙流域,但整个斯堪的纳维亚半岛都被冰丘所覆盖,地下岩浆涌动熔穿了地层,深不见底的沟壑纵横密布。不受任何抗生素控制的超级细菌产 NDN1-1 耐药细菌(能够编码 1 型新德里金属 β-内酰胺醇)扩散全球……从宇宙中遥望它,就像一颗衰老破败的心脏,黑糊糊的血肉粘连在一起揉成不规则的球体，红色的岩浆道仿佛血管一般纵横交错。

地面轻微颤动了一阵，女孩睁大眼睛抓紧他的袖子，惊恐地看着熔洞的入口。他们从天马星执行队的手中逃出来后便躲进了这里，这里是曾经的莱茵河道，如今它的地表铺了厚厚一层火山灰，地下的熔洞中又是黑泥，刚好可以用来躲避探测仪的搜捕。

有风吹来，穿过河道的两壁，下层暗红色的岩浆汩汩地冒着泡。风声凄厉且细长，仿佛蓝星上黑色动物的嚎叫声，又像是地府深处的魔鬼围着篝火欢声歌舞。

又是一阵大风，他把唇抿成一条细线看向外面。他听得清楚，那种如若婴儿啼哭的兴奋的叫声，混在风中。

二

莱特第一次看到女孩的时候，她蜷在一块巨石之下，因射线变得青紫色的皮肤，很高的鼻梁，嘴唇的颜色却很浅，她的身体消瘦干瘪，只有一头毛茸茸的浅金色短发为她增了一抹亮色。他突然想起天马六号星的一种叫安杰丽卡的野花也是那样小小的一株，黑青的梗与浅金的花冠。

他的任务便是销毁蓝星所有的生命体，为执行队开路。如果可以完美完成这次的任务，他就可以结束长达三十年的观察期，成为天马系执行队的一员，享受无上的荣光与敬意。但是，那天女孩子突然睁开眼睛，兴奋地跳起来抱住他，莱特在那一瞬间捕捉到她的眼睛，像一泓清泉，明澈得藏不住任何情绪，善意的，欣喜的，温暖的。他从来没有看过那样美好的眼睛，他甚至可以在那双眼睛中看到自己的倒影。天马系的居民都有眼罩状的数据库，白色的软金属遮住了他们的

眼睛。

蓝星人滚烫的体温仿佛可以透过软甲灼热他冰凉的肌肤，他突然舍不得杀死她。那是一种说不清道不明的感情，就像是血脉相连般本能的反应，当然他自己也被这种想法逗笑了。天马星系并没有给他多少归属感，那么多年的封锁与观察，让他变成最优秀的战士，甚至超越了配带最先进科技的将领，但他的灵魂也远比天马星人来得感性与温和，更加随意而为与放肆。

执行队一共有两个人，其中一个被他轰爆了时梭器变成太空垃圾，另一个是他的导师，他在观察期时教他战斗与生存的指导员。莱特带着安杰丽卡惊险地逃跑，并随着安杰丽卡寻找幸存的蓝星人。

"我们应该快到啦！"安杰丽卡蹦跳着跑到他身边，毛茸茸的头发上别着一朵蓝色小花，她笑得眯起眼睛，"我可以感觉得到的，他们在呼唤我，很近了。"小女孩纵使在再可怕的环境里也褪不去本性里的天真烂漫，手舞足蹈地说话。

他点头，拍拍她的脑袋以示鼓励。他不知道这样做是对还是错，蓝星从内到外都腐朽成一滩烂泥，就算这次没有被攻占，也会在不久的将来毁灭，而天马系的占领改造是保全这个星球的唯一方法。但天马的占领意味的是清洗，彻底的种族清洗，那时的蓝星应该就是天马第三十七分星了吧。

"阿基里斯，我能知道你叫什么名字吗？"女孩子仰起头看他，她叫他阿基里斯，希腊语中"阿喀琉斯"的发音，似乎是奥林匹斯神话中的一个战神，全身被神泉之水沐浴而刀剑不入，唯一的软肋是他的脚踝。他是英雄，无往不胜。

他沉默了一下，蹲下在地上写了自己的名字。

"诶，莱特？啊，在英文中似乎是以太的意思。"她顿了顿，"你知道以太么？就是光，还有希望。L-i-g-h-t。我妈妈说的。"她伸出手摸摸地上浅浅的痕迹。"我叫阿尔克里斯，也可以叫我阿尔忒尼斯，月光女神。可惜我太丑啦。"

然后她吃吃地笑起来，莱特站在她的身后，他们的影子重叠在一起，男人的影子比女孩宽阔得多，看得久了，就像是只有一个人一般。

他往旁边靠了靠，满意地看着地上出现的第二条影子，相偎相依。

三

光，以及人影。

视线被白炽的光芒照得一片透亮，影影绰绰被割裂成光怪陆离的形状。他努力聚集，模糊的影像渐渐清晰起来。

很多人。他不知道该怎么形容，他们高大俊美，穿着白色的防护软甲，嘴里说着他听不懂的话语。他扭动脖子，尽管他觉得自己已经尽力，在别人看来依旧缓慢得要命。似乎，是一个球形的东西，他蜷在一个球形的氧气仓中，柔软的绵织物包裹着他赤裸的身体。他被那些人架出氧气仓，浑身无力任人摆布。他们比他高大很多，在他们身边他就像一个孩子。

被带走之前他瞥到氧气仓被烧焦的外壳，依稀看到几个字母。

Light。

他被带到半透明的观察室，被插上各种颜色的管子，血液被反复抽走实验，电击、碰撞、烧灼、淹溺……他们惊恐地发现这个来历不明的人的肉体近乎完美，他的血液可以免疫几乎所有的病菌，骨骼的硬度可以媲美软金属，每一块肌肉都极具韧性，爆发力十足，敏捷度与感知更是无人比拟。甚至连伤口，都可以以肉眼可见的速度愈合。

他是天生的战士。

他们一面惊恐一面兴奋地研究他，这个凶悍好武的被称作战斗星球

的天马六号星，他们崇尚一切强大的力量，追求极致。也许他是个天马星的小野种，他们侥幸地想着，反正有天马的血就好了嘛。

　　他被软禁在观察室中，一旦找到奇怪的可疑的行为就立刻清除他。可是这个少年太乖巧了，不挣扎不反抗，无悲无喜，配合他们做一切研究，除了吃饭喝水排泄睡觉，其余的时候他都是抱膝蜷缩着发呆。十年后他们派执行队分队队长克尼尔担任他的指导员，他还是少年的模样，时光似乎没有在他身上留下什么。他笨拙地学着说话走路奔跑战斗，除了肉体完美以外，少年几乎是一片空白的，什么都不要，什么都不想，什么都不懂。

　　他真的是为战斗而生的。

　　克尼尔不止一次为他的进步惊喜，他可以很快参悟战斗的技巧，很快便可以赤手空拳打败装备齐全的克尼尔。克尼尔开始带他出入各种场合，给他看天马星战斗的辉煌纪录片，很快，天马星系都知道六号星出现了一位少年面孔、身材瘦削的完美战士，他们纷纷来挑战，惊异于他强悍的肉体。甚至惊动了一号星的那位大人。

　　最后一号星的那位大人亲自为他加冕，在他的右臂刺下天马的徽章。他真正成为天马系战斗星球的战士，执行队的候选。他低头抚摸左耳上的耳坠，那是他唯一从氧气仓中带出的东西，温润美丽的蓝水晶仿佛一位故友温柔地注视着他。

　　"现在你需要一个名字，我亲爱的战士。"那位大人为他戴上白色的软金属数据库，眼前迅速出现的数据几乎覆盖了对方温和的笑脸。

　　"莱特。"

　　少年模样的战士说出他的第一句话。

四

醒来的时候莱特没有听到安杰丽卡的歌声，也没有看到那只毛茸茸的脑袋。他到处寻找，终于在他休息的地方旁发现了一行小字。

我去找点食物和水，幸运的话会有阿尔卑斯山的波波果。

他们顺着岩浆道一路前行，由莱茵河道进入阿尔卑斯山脉，黑泥中的养分更加丰富了，岩浆已经变成黑红色。不知道为什么，越往深处走，莱特越发觉得不安。

不过幸运的是，克尼尔一直没有追上来。

他不敢开启数据库寻找安杰丽卡，只好一个人起身去找。岩浆道两边有大大小小的熔洞，风吹来的时候会冲进熔洞深处敲击洞壁发出呜呜的声音，好似哭泣，他想起安杰丽卡所说的那些黑色的妖怪，它们会发出类似小孩子哭泣的嘤嘤声。

"嘿！嘿！莱特！"安杰丽卡眼尖地看到他，他太耀眼了，在一片灰黑中莱特一身银白仿佛远古的英雄，她兴奋地冲他挥动细瘦的手臂，想让他注意到自己。她找到了，在阿尔卑斯的山脚下，她的身后，有一堵高密金属制成的门，她感应得到，里面有她的同胞，血脉相连。

莱特笑起来，可是笑容还未完全绽开便已凝固，他看到了，那个来自岩层之下的妖怪，黑色的，脸上是和蓝星人类似的五官，眼珠外凸，嘴角一直开裂到耳根，被白色的鲛线缝合起来，看上去异常恐怖。它们的身体长而庞大，四肢长着细密的鳞片，随着呼吸一张一合。它贪婪地看着安杰丽卡，张大嘴巴，鲛线一根根崩断，最后，它的嘴巴几乎比安杰丽卡瘦小的身体还要巨大。

他猛地窜出去,拔出霍尔德尔之枪,枪体出现时发出的信号呜呜让他分了神,很快,他发现自己犯了一个错误,一个致命的错误,怪物的嘴巴已经来到她的身后,就在他分神的瞬间。来不及了,它的牙齿狠狠贯穿她的身体,女孩还未感到疼痛,只是冷,血液流失的寒冷与怪物身体的灼热让她打了个冷战。莱特的枪在这一瞬间击中它的脑袋,它把女孩子甩在岩壁上,她的血被拍出一朵巨大的妖艳的花。

其实不疼的,怪物唾液中的毒素遍布全身,只有无休止的冷和疲倦。她并不害怕死亡,从她出生的那天起这里就已经是满目疮痍的样子。她随着大家逃跑、战斗,人类的数量越来越少,空气中的烟尘,来自外太空的射线、病毒,还有地下的黑色妖怪,加速着族人的消亡,后来,下了一场很大的雪,一开始雪是灰色的,然后慢慢变白,厚厚地铺了一地,到处都纯净无瑕。雪花埋藏了她的同胞,她的父母,奇迹的是她活了下来,并等到了她的光,地球人的曙光。

安杰丽卡看着面前的男人,他有一张少年的面庞,总是面无表情冷若冰霜,现在他的脸色苍白嘴角下撇,悲伤异常。

"可是,我想看看你的眼睛呀,阿基里斯。"

她的胸肺已经破碎,代替声音的是嘀嘀的如破风箱的响声和汩汩涌出的灼热的血液,想看看你的眼睛啊,应该是很温柔的颜色吧,像大海一样的颜色吗。她竭尽全力抬起手臂想触碰他眼前横着的不知材质的眼罩,却只能无力地划过他左耳的耳坠。

蓝色水晶迅速灼热起来。

五

女孩的眼神开始涣散,她全身的骨骼都被拍碎,像个破烂的玩偶一样耷拉着,她的表情茫然,眼神如初见时一样仿若清泉。

"阿尔克里斯——"

少年模样的战斗星人终于在蓝星发出第一道声音，与蓝星人频率不同的声波使岩浆中剩余的黑色怪物痛苦地扭动起来，发出嘤嘤的如婴儿啼哭的声音。他一直害怕天马的频率会使她的耳膜破碎，可是现在，可是现在已经不要紧了。

更多的怪物从岩浆中爬出，他抱紧女孩，手中的长枪就像死神的镰刀，每一次脱手都会收割一条怪物的生命。他的头一直垂着，看着怀里苍白的女孩，她怀里白色的波波果被染成红色，头上的小蓝花不知所踪。天马星的软甲可以自动清洗污秽，他怀中的她浑身鲜红，他却依旧银甲披身像来自远古的战神。

又只剩下他一个人了。

"嗒"。

有水珠滴在数据库的黑色半透明显示屏上，很快就被显示屏蒸干，在他茫然之时，越来越多的水珠滴下，模糊了安杰丽卡的面庞。他第一次感到悲伤与无能为力，就算他杀死了所有的黑色怪物又如何呢，她也醒不过来了，永远沉睡下去了。

当门后的人们听到声响打开金属大门时，看到的便是包裹在银白色软甲的男人和他怀中的女孩，以及地上无数的可怖的怪物尸体，他面无表情地站着，身形颀长，面容俊秀，黑色长发搭在额前，左耳上的晶蓝耳坠泛着星星点点的妖娆的红，像某个远古的战神。

他看着那些既惊惧又激动的蓝星人，是她的同胞吧。莱特走近他们，轻柔地把女孩交给他们，被安杰丽卡抚过的耳坠滚烫得让他心惊。

"莱特，你要记住……你的母星有个温柔的名字……"

有很多细碎的片断划过脑海，他偏头，手指触碰着滚烫灼人的，从他醒来便一直陪伴他的耳坠，用有些走调的奇怪的口音说："我好像……想起了一些东西。"

六

克尼尔顺着信号源找到他时,莱特站在密闭的金属大门前,就像是等待多时一般仰头看着他。"跟我回去,莱特。"他面无表情,"蓝星人,不值得。"然后他惊讶地发现莱特的左耳上空荡一片,他当然知道他的学生有多么爱护那枚耳坠。"你的耳坠呢?!"

"克尼尔,我想起了很多东西。"莱特淡淡地笑着,仰头看着光芒中的克尼尔,天马星人天生高大俊美,金色的鬈发垂落在肩头,像太阳神一般。"我好像,不能再为天马星战斗了。"他缓缓脱下银色软甲与各种装备,最后他摘下一号星的那位大人亲自为他戴上的数据库,那后面是一双温润如玉的黑色眸子,悠远柔和,"至少在这一次,不能。"

他脱下那些来自天马星的装备,赤身裸体,用最原始的,来自母星的一切去战斗。克尼尔眯起眼睛,似是叹息:"原来,你是他们的孩子。"

这已经不是当年的对战练习了,纵使他的肉体再强大也不敢小觑对他了如指掌且配备了天马星最先进技术的克尼尔,更何况这次是在赌命。

克尼尔冲了过来,过高的速度带起白色的气流,发出空气碰撞的噼啪声。

——女孩睁开眼,她的瞳中星光点点,像落满了星星,他的面容也落在里面。"阿基里斯!"她欢快地跳起来抱住他,毛茸茸的脑袋磨蹭着他的脸。

两个人碰到一起,莱特拧身躲过克尼尔刺出的几刃,拳头带着劲风轰向对方的下颌,另一只手直击他的左眼。

——"现在你需要一个名字,我亲爱的战士。"那位笑得温和,为他戴上天马星系特有的数据库,而他的脑海里却闪过那个被火焰烧焦的单词,他并不知道它的意思与发音,只是固执地想要和他遗失的过去有一丝一缕的联系，就像那个耳坠一样。"莱特。"他鬼使神差地念出来。

　　他们迅速地接触在一起又分开，每一次接触都会带起火花，空气被撕裂的声音异常响亮，克尼尔的刀刃每划过莱特的皮肤都会带起一蓬鲜血，滚烫的，鲜红的血液。莱特屈肘击打在克尼尔的胸部，堪比金属的骨骼撞击让克尼尔闷哼一声。两个人又能迅速分开。

　　——莱特，在"阿喀琉斯计划"中，只有你一个幸存者，我们的家园已经快不行了，战争，灾难，病毒，还有那些来自地狱的黑色生物迟早会把我们消灭。莱特，你是人类唯一的阿喀琉斯，最后的阿喀琉斯。如果有一天你可以回来，救救那些可怜的孩子们吧。莱特，你要记住你的血液是鲜红的，你要记住你是人类的孩子，你的母星有个温柔的名字，叫做地球。现在，莱特，回过头看一看这美丽的星球。

　　"莱特！现在跟我回去！放弃蓝星！你无罪！"克尼尔冲莱特大吼，迎来的却是他毫无花哨的拳头，克尼尔侧身护住要害，肩膀却被狠狠砸中，肩骨破碎。他不知道他的心情是怎样的，愤怒还是失望，抑或是惋惜。六号星是一个没有感情的星球，是天马星系培养战士的地方，他们没有家人与朋友，生活在战斗与演练中。可是莱特不一样，他是他唯一的学生，他最优秀、最得意的战士，是他战死沙场后的接班人，是他的孩子。可是讽刺的是，莱特第一个任务的结尾，却是与他决斗，是他的敌人。"对不起，老师。"他听到莱特的声音。

　　——他被放在球形的氧气仓中，穿白色外袍的中年人为他戴上耳坠。"这是什么？"他问。"是新人类的基因库。"中年人慈爱地抚摸他的头发，"但是它还不够成熟，它需要太空中的稀有元素作为养料，你将带着它被送往外星。你怕吗？""不怕的。"少年摇头，"我还可以看到你吗，爸爸？""嗯，愿上帝保佑我活到你回来的时候。再见，我的孩子。你将成为英雄。"少年笑着，亲吻他的脸颊与额头，"再见，爸爸。"

　　"这是我的母星，克尼尔。阿喀琉斯懂吗？是英雄。他的软肋在脚踝，而我，是这片土地，这个星球！"莱特紧锁住克尼尔的四肢，带着他撞向岩壁，声嘶力竭，"英雄！我的父亲，还有阿尔克里斯，他们，那么多人，把我看作他们最后的英雄！莱特！光芒！希望！克尼尔我没有办法放弃他们！"克尼尔闷哼一声咽下口中的血液，反手击在莱特的左臂脱身而出。

——"博士！他醒了！"少年醒来迷茫地看着天花板，然后视线被一个中年男人的脸所遮挡，"莱特！莱特！你还好吗？听得到吗？"他吃力地点头，然后被猛地抱住。他活着，他还活着，唯一的生还者。他们被带到研究所，无一例外都是"深蓝儿童"，只有深蓝儿童的身体才能承受"新人类基因链"，很多人死了，很多人变成了怪物。他也是"深蓝儿童"，博士的儿子，在经历基因肆虐的痛苦之后他奇迹般地活了下来，成为最后的英雄。

克尼尔的刀刃推入他的胸膛，他的手扼住克尼尔的脖子，时间仿佛静止了一般，然后莱特笑起来，松开手，这是他欠克尼尔的，他给了他重生，"克尼尔，它有一个很温柔的名字，叫做地球。"血液从他的嘴里涌出，他依旧笑着，眼睛像一泓清泉，不，像一汪海洋，温柔的，悲悯的，美好的，漆黑如墨的眼睛。

他的眼中像落满了星星一般明亮，克尼尔甚至看到自己的面容，也落在他的眼中。

包容万象。

"战士莱特与吉森牺牲，蓝星破败不堪没有改造价值，应当放弃，任其灭亡。"很久之后，克尼尔将莱特冰凉的身体放在金属大门前，打开耳机向一号星那位大人报告。

你是英雄。

克尼尔看着他最骄傲的战士苍白的脸。

你是他们，最初和最后的阿喀琉斯，莱特。

自然物语

四季恋歌

文 / 万亿

一、春

我惊讶自然的迅速变化,仿佛一夜之间,春的消息传遍大地,无边无际的茂密在春风的拂煦中孕育了,冷寂的大地渐渐恢复了生机,越来越温柔的柳枝,给大自然划出一道美丽的弧。没有比河水更理解春风的美意,死气沉沉的水流有了暖意,渐渐凑出美妙动听的音乐。天上的云,大大小小,白白淡淡,没有一刻保持相同的模样,仿佛崩溃离散,又不像崩溃离散中;瞬间变化在初春的风中,以各式各样的姿态飘然而过……

回望那片被严冬压抑了整整一个季的心灵原野,心中的愤闷与不平难以接受强加的克制,春天来了,绿色苍翠的生命复苏了,希望的机会一个个地迎面走来,带着绿色的风,袅袅婷婷,潇潇洒洒,清清爽爽,坦坦荡荡的唤醒生命,将希望播种。我知道春天的风是希望的家园,荒芜苍凉的大地因春风的吹拂有了绿意,无数弱小的生命在风中挣扎着破土而出,又比肩接踵地向着辽阔的蓝天竞发。一株株弱不禁风的幼树,因春风的扶持而渐渐强壮,向着高大伟岸挺进。

一个孩子牵着风筝奔跑在风中,似乎感觉到了飞腾,那跃跃欲试的高度,我想这就是生命的律动。太阳每天都会升起,黑夜之后即是黎明,春天不再是一个遥远的约定,只要种子还在,一切就有希望,当春风吹来的时候,种子就会在春的沐浴中绽出嫩绿,结出硕果。这是季节赋予生命的全部意义……

二、夏

　　静读夏日的颜色;静看红火的季节。身披一袭灿烂,心系一份执着,遍听清风的诉说,山也愉悦,水也愉悦。树影婆娑;蝶舞芳菲,悄悄地打开心锁,让所有的经历过的日子从从容容地走过,把自己所有没写好的章节坦坦荡荡地打开,还有那些被泪水浸湿的记忆,还有那堆积于心的发霉的承诺……整理、晾晒,让夏日的风庄严的圈阅。

　　最喜欢清风撩拨睡去的莲叶,把叶片从水中拉起,像是要带走,而后又放下,像是放弃了。一次又一次,莲叶并不理会,因为知道风的性情,知道风从来也不认真,只是爱嬉戏。最喜欢闷热的夏夜凉风拂面,在风中睡去在风中醒来,听风,借着山岳、草叶或者屋檐的风铃,流转出低吟浅唱或澎湃激昂,我的双耳,我的心灵都被丰盈充满了。

　　没有牵绊的风,从未,在流水花开的温室里流连;不愿停留的风,已经,为自己背负了无归的宿命。风吹过,留下一个传说:从金戈铁马的古战场掠过,卷起漫天黄沙,弥散的烽火,吹动着战士的铠甲,拂过男儿眼角的泪水。从江南的烟雨里掠过,摇响了长亭的风铃,目送了离去的背影,吹动了迷离的芳草,吹动了一腔的别情……

三、秋

　　风飘荡了落叶,带走了绿色,曾随风而涉的树种,都已在风中沉淀,回归到大地。冷不丁给人的一襟清爽,那不是痴情,那是秋风。

秋风所至，脚步小心翼翼，却让人怦然一动，那柔软的衣衫是心中的惊喜。掀开眼帘，第一片黄叶，第一朵花谢，或许让人们本能的拒绝，但秋风送来了稻香，在水一方的伊人，送来了她全部的情谊和硕果。

秋天的风不带一丝修饰，纯净爽利地掠过园林，秋天的枫叶最美，不仅是经霜的素红，更是那临风的飒爽。曾经看过一位画家画过一幅霜染枫林的"秋院"。高高的枫树，静静地掩住一园幽寂，树后重门深掩，看不尽的寂寥，好像每个人都生活在其中，品尝过秋之清寂，我想步入画里，问询那深掩的重门，看其中有多少岁月，封存了多少故事。

秋风把大地的华彩剥去，生命的核心已经转移，所有植物根、茎、叶、果之间的依恋都到此结束，所有的真实都在奉献之后。秋，成熟的季节，充实的季节，也是淡泊的季节，它饱经了春风的蓬勃与夏夜的繁茂，把一切的赞美与宠爱都隔离在风之外，湛蓝的天空；苍凉的荒原，风来过，可是没有足迹。山川静穆，大地无言，唯有一股清凉走向天边。

四、冬

霜落。朔风乍起，满庭落叶，无归，举目远望，树干露出枯瘦的枝头，交错成细致的花纹，可与哥特式教堂屋顶媲美。冬，一个经霜的过程，所有的高山、大河、井架、诗歌、万千生命，都无法回避去接受一场风的冷峭。在铺天盖地的冰雪里，风验证着人们的脚印是否能依然顽强延伸；在千山鸟飞绝的寂静里，风会告诉你是否还能果断翱翔；在天地浑浊一体的大海，风会告诉沙滩上反扣的舢板何时起航。

远处，一株傲雪的红梅，静静的在冬天的风中燃亮她一团火焰……在人们渴望美的时刻，在渴望暖色的心里。冷到极处的风，和冷已经成为一体，但却又不仅意味着寒冷，还意味着四季的充实，意味着人生的完整，意味着丰富的蕴含，意味着阅尽一切的情感。世界，经历了无数的轮回，四季的风也流浪了无数个世纪，在岁月的尽头伫立，在历史碾过的沙尘中凝睇……

雨

文／沈倩

一

听雨——淅淅沥沥——在窗外，后院憔悴，雨潺潺而流，在那里最是回荡，流经出，把心曲留下。街灯依次披着雨花……

细细的雨丝撩拨着夜的情思。江南，蒙蒙的情愫，蒙蒙的双眼，罩着一层期待的雾，雨丝摇曳中谁拨开层层烟雨帘，轻轻的走来了，眸子里那份执着温柔了雨。原来雨中藏着一个世界，好像深深的湖，路面在湖底倒竖，无数个涟漪，泛着星星的目光。当回忆充满内容时，眼中是否有泪；胸襟是否宽阔。

雨夜，取笑着人浅狭的理性，告诉你世界有不能解释的无奈。

于是，窗外有雨，心内有雨，悉悉索索的编织着，体会着眼的温热，独自的夜，天有泪，烛有泪；天泪有声，烛泪有形，唯有斯人面上簌簌流下的，是点点无声无形的热泪。

二

朦胧的灯，问候晚安的城，静静伫立，远方若隐若现。

雨一波一波地荡漾，圈圈涟漪，在我肉眼无法抵达的深处，浅灰色的风掠过肌肤，一片落叶托起我的梦。难道今夜果真让季节就此别过。回眸凝首，无言倾诉依依的别情。

雨弹奏着深情感人的歌。无名的小城飘摇着无名的故事，多少风雨多少情，是谁说过不在乎天长地久，只珍惜今天真实的拥有。雨夜，斜织的雨丝编织不出你的身影，风雨归途，人世沧桑，几多悲欢都挂满粒粒真情，你是否是我永远美丽的传说。

雨中，伞是城市湿漉漉的美丽，不是含蓄，也不是矜持，只是恪守着天地既定的距离。一把伞遮不住尘封的情怀，也留不住遗失的场景。

深入最爱的心情，有一种透明的音符回响在梦里，听缠绵的雨丝朦胧呓语，心底的柔情愈发清晰。捡一枚石子，掷向雨珠飘成的风景，片片涟漪漫过心岸。

伞下，滴滴水珠似纯美的情节垂落。伸出手，沁凉入心。缕缕情丝顺着伞滴成标本、珍藏……或许，世界的沉静，在雨落的瞬间。

三

听雨，赏雨，用一种心情。轻启时间的门，唤醒远古的痕迹，于是冥想中重演了鹊桥相会的期盼；再现十八相送的缠绵；体味着西湖断桥的凄美。

心，仿佛走了很远很远，在长长的时间后面，年华易逝。花开一次，那时战栗和美妙，此刻的淡定与从容。融入雨丝，飘荡在无垠的夜色里。雨，点亮摇曳的烛光，温暖夜归的心灵，放一首老歌填满长长的记忆，许下心愿兑现久违的诺言，留段往事装点寂寞的心，找个理由修补牵挂的遗憾。

沿着一种色彩，连同雨中盛开的蘑菇云，连同最初的微笑，还有最后的泪滴，一起随着季节，悠长地横过岁月的苍茫……

夕阳无限美

文 / 邱苏南

太阳每天从东方升起,在西方落下,日复一日,年复一年。司空见惯的事在文人墨客的眼中却有一番独特的美,诗圣杜甫就曾触景生情"落日在帘钩,溪边春事幽"。

趁着周末有时间,我便好好欣赏了这番落日美景。

傍晚,夕阳遥遥地挂在天空中,仿佛有人在洁白的纸上画了一个大大的红色气球。太阳的四周散发着红光,照亮了半个世界,像一盏大红灯笼。这盏红灯笼没有霓虹灯的妖艳,没有白炽灯的柔和,没有水晶灯的豪华。它每天都走在自己的路线上,从不玩忽职守,每天都会按时上班下班。当它下班的时候,光焰没了中午那时的火烈,它的光芒变得温和起来。

夕阳一点一点地西沉,余晖像鲜血一样染红了西天,楼房的影子也换了一个方向。楼房在余晖的映衬下也变得鲜红一色,像是一块白绫被红色颜料泼上了,通红通红的。傍晚的微风拂过地上的小草,枝上的树叶,田中的蔬菜……被微风拂过的植物都轻轻地摇摆着。夕阳似乎也被它们的热情感染了,也跟着微风,踏着节奏轻轻摇摆起来了。它一摇摆,重心就下沉,慢慢地,就挨到了地平线的边缘。它仿佛并不在乎,继续摇摆。渐渐地,渐渐地,夕阳只剩下小半张脸了。它再一次留恋地看着这个世界,一天中属于它的最后几分钟,夕阳仿佛舍不得这个世界,久久不愿离开。

乡间小路上的行人多了起来,他们都往家中赶。劳累了一天,回到自己温馨的家吃个饭,洗个澡,看会儿电视就睡觉,生活如此多彩呀。烟囱中飘出了灰色的炊烟,慢慢地,悠悠地升到天空中,然后便随着微风飘到属于它的地方去了。晚饭的香气飘出来了,越飘越远。路上的行人渐渐少了,家家户户开启了电灯来照明,灯光犹如天上闪烁的繁星。寂静了一天的家,再一次热闹起来了,谈话声、音乐声、笑声,其乐融融。夕阳看见了这番景象,想到家里的老小,便毫无眷恋,慢慢下沉,让最后一抹余晖来告别。

太阳终于沉下去了,黑夜随即来到⋯⋯

变幻星空

文 / 姜静哲

夜晚,坐在阳台上,仰望天空的星群,对我来说,是一种莫大的享受。

起先,我头顶出现了一颗星星,小小的,亮亮的,有无数个光角儿,十分好看。我好奇起来,数着那是几个光角儿。正当我专心致志数的时候,那颗星星周围又出现了好几颗星星。就在那一瞬间,几乎不容易察觉,它们就明亮地突然出现了。啊!两颗,三颗,四颗……不对!是十一颗,十二颗……奇迹,是这般迅速地出现,愈数愈多。一时间,夜空一片闪亮,像陡然打开了百宝匣,灿灿的,灼灼的,密密麻麻的,令人目不暇接。这些星星闪烁不定,就像是无数沉睡的孩子们蓦地睁开了光彩、淘气、幼稚而又充满神秘的眼睛。

天空真大啊,像一个大棋盘,一颗颗星星就像是一颗颗小棋子。它们东蹦西跳,互不相让,好像谁也不肯服输似的。不一会儿,其中一颗不小心被"吃"掉了,获胜的那方呢,高兴得闪个不停。天空又是一个了不起的画家,星星是小巧玲珑的画笔。天空画家拿起星星画笔,只一会儿工夫,就在自己身上画出了千万个复杂而有趣的图形,有北极熊、天鹅、飞鹰,还有牛郎和织女隔河相望……

星星像宝石一样嵌在天上,更像粒粒珍珠闪烁着光芒。它们时隐时现,闪烁不定,弄得我眼花缭乱。夜空不再荒凉了,星星们都在那里热闹起来，有装熊的，有学狗的，有操勺的，有挑担的，也有提了灯笼一阵风似的奔跑。

月亮升上来了！渐渐地，夜空笼罩上了一层乳白色的淡淡雾气。我发现星星少了许多，留下的也大了许多。原先灿灿的光，现在变成了迷蒙的光。这是为什么呢？原来是月亮的光芒太过明亮，遮盖住了星光，所谓的"月朗星稀"也就是这个道理。

星星，可爱的星星，小小的星星，灿灿的星星，灼灼的星星，变幻莫测的星星……无论是怎样的星星，我都喜欢。

老人和槐树

文 / 王佳萍

老人就这么一个人，偌大的庭院，空空荡荡，只有院中一角长一株老槐树。老人喜欢站在槐树下，仰头观望槐树。槐树真是株好树，人稍稍照料它，它总能回报点什么。平日乘凉，花开时节花香满园。老人常说，自己活了一辈子，值了，说不定比这棵老槐树还能多活几年。

去年槐花开得正盛时，邻家的小男孩给老人端来槐花烙饼。金澄澄的黄色，咬下一口，花香四溢，混合着菜油和麦粉的香味，热腾腾、暖融融的。老人的眼睛也被这热气熏得湿润起来。眼前的小男孩虎头虎脑的，长得很皮实，老人想起了自己的孙儿，一样顽皮透着点灵气，老爱爬上槐树摘那槐花，摘得树底满是碎槐。摘好槐花后孙儿见老人伸开双臂等他跳下来，就假装一本正经地说："我跳了，我要跳了。"每次都是没跳下来。最后老人做好槐花烙饼，端到树下哄孙子下来。小孙子稚嫩的声音，已经是很久以前了，可好像依然在耳边。老人有点摸不清时节，槐花真的开了吗？眼前的男孩是他的小孙孙吗？好像是的，又好像是想着的。"哎，不是……"老人自顾自言语。男孩已经回自己家了，老人从臆想中醒来，舔舔嘴角，还有余香，那碗槐花烙饼做了他的午餐。"就一个人，还开什么火呢，吃一顿算一顿。"老人的叹息，像把老镰刀，在人心里割过。

日子一天天过去，一年年过去，槐花开又谢。

只是人老了，老了老了，咳嗽声悠长起来了。

渐渐地，槐树下少了老人的身影，少了老人的叹息声。

渐渐地，院子里静下来了。

终于，有一天，什么声也没有了，老人躺进了亮红亮红的棺材。

于是，唢呐吹响了，花圈摆满了，纸钱烧着了，媳妇们的哭声响亮起来了，孙子披麻戴孝捧起了灵幡，丰盛的酒席摆起来了，人们吃的油光满面，赞着主事人的能干。

从此，槐花树下，少了张望的眼神，少了深深的叹息。

老人还是比槐树先走一步了。

蝴蝶嘴巴的秘密

文 / 朱佳文

所有的动物都是有嘴巴的,但是蝴蝶的嘴巴在哪里?你们一定谁也不知道吧!

星期天,我做完作业躺在椅子上打盹。这时,窗前飞过一只色彩斑斓的蝴蝶。我顿时来了兴致,跳起来,蹑手蹑脚地跟在蝴蝶后边。待它停在路边一朵小野花上休息时,我轻轻地捏住了它的翅膀,没等它挣扎,一下就将它装进了小盒子。

看够了,也玩够了,我跑到花丛中摘了几朵开得最旺的鲜花给它当作早餐。

我趴在一旁静静地观察着,突然惊奇得瞪大了眼睛。只见蝴蝶把它那卷在脑袋前的一根细丝伸长了,然后把它伸进花蕊中,用那长长的细丝在这儿点一下,那儿扎一"针"。我十分好奇,便去问爸妈。爸爸一头雾水地说:"我又不是昆虫家,我怎么知道?"妈妈语重心长地说:"什么事都要靠自己去发现,去探索,懂吧?"我吐着舌头,暗自心想:哼,其实你们只是不知道,不好意思直说而已。

我又费尽千辛万苦捉来几只蝴蝶做实验。可是,那些蝴蝶的心脏太过于脆弱,被夺走了自由,像被夺走了玩具的小孩,茶饭不思,最后一只只都死了。气得我吹胡子瞪眼睛,直嚷嚷:"你们这几只敬酒不吃吃罚酒的小东西,真是不知好歹。给你们吃的都不要,一点儿也不配合我伟大的实验!"

真相只有一个,没办法,我只好重回故地,再去找寻线索。花丛里的蚊子一边"嗡嗡"地唱着歌,一边快乐地吸着我的血。但我还是目不转睛地盯着好不容易找到的蝴蝶,终于,我看到了自己想看到的答案,蝴蝶又把那根弯曲的丝线刺进了花蕊中,好像在吮吸着什么。我狂奔回到家,上网"百度一下",终于知道了真相。蝴蝶的嘴巴属于虹吸式口器,就像一个长长的吸管,伸长时用来探入花蕊中吸取花蜜,平时就卷起来收在下颚。

终于真相大白了,我的一桩心事终于了了。在我们生活中一定有更多的奥秘,让我们一起去探索吧!

鸡蛋"骨质疏松"了

文 / 唐婷婷

伽利略曾经说过"一切推理都必须从观察与实验中得来",这一次,我也从观察与实验中得出了结论。

我在网上看到一张图片,一个小男孩躺在海面上津津有味地看书。当时,我就产生了一个疑问:为什么他能轻而易举地浮在海面上呢?经过查阅资料,才得知,他躺的是一片"死海"。"死海"中的盐分超过30%,可以毫不费力地让人浮起来。

我觉得挺有趣的,就想做一个模拟实验。我找来找去,就是找不到什么东西可以来模拟人。忽然,我想到了冰箱里还有许多鸡蛋呢,可以用鸡蛋来代替呀。于是,我先找来了一个大盆子,里面放了半盆子的水,然后把鸡蛋轻轻地放在水里。可惜家里找不到盐,又懒得去买,我便决定用酱油来代替,反正也是咸的,里面也有盐嘛!我拿起酱油瓶,一骨碌全倒在水里。倒完之后,我才恍然发现,我倒的不是酱油,而是醋。我轻轻地敲了一下头,说道:"我这是怎么了?酱油和醋都能搞错。"看着被我搞砸的实验,我又不忍心清理掉它们,就把它们整理好,放在了我的床下。

第二天大清早,我早早地起了床,趴在窗台上看风景。鸟儿迎着晨光在欢唱,草儿迎着晨光在跳舞,花儿迎着晨光在欢笑……等家里只剩下我一个人时,我把昨天那"失败的实验"从床底下拿了出来。刚拿出来，就让我大吃一惊，蛋壳竟然已经软掉了，不像以前那样坚硬，就跟得了"骨质疏松症"一样。我心想：我只是在盆里倒了些醋而已。难道是昨天晚上，醋和鸡蛋在打架，醋把鸡蛋打得遍体鳞伤，鸡蛋还没有恢复好身体？不对呀，如果打架了的话，应该有打斗声啊，我怎么什么都没有听到呢……经过多种猜想之后，我还是觉得查一些资料比较好。"百度"一下，我才茅塞顿开，像拨开云雾见到了青天。原来，醋中有醋酸，可以溶解鸡蛋壳中的碳酸钙。自然而然，鸡蛋壳就变软了。

俗话说得好："对于我们的眼睛，不是缺少美，而是缺少观察"。只要去用心观察、实验，我们的眼睛会变得更明亮，一切都会变得更清楚。

银杏情结

文 / 万亿

记得小时候,在外婆家屋后有几棵银杏树,很高大,那时的我们只能远远地仰望挺拔的树干,因为树上结满了银杏果。到了秋天,摘下来,去了皮晒干就成为坚果了。所以也叫白果树。

记得深秋时节,满树的金黄,抬头一望,像是一把黄绸做成的参天巨伞,挡去了姗姗的秋雨和阵阵凉意。那时候我和同伴一起去树下拾捡银杏叶夹在书里做书签,漂亮极了。

后来,外婆走了,屋后的银杏树也不见了,只剩下几个木墩,和上面厚厚的年轮。

校园里也有银杏树,静静地伫立在风中,那风也是惹人疼爱的。到了秋天,风轻轻一抚,就会从树上飘下片片小精灵,落在青青的草地上,一株株一簇簇地衬托出银杏叶的金黄。

那应该是成熟的色彩吧,有的如金蝴蝶翩翩起舞;有的略带斑点如美人颊上的痣;有的开展得鲜亮似孔雀比美的屏;有的娇小玲珑惹人怜惜。金光灿灿。

我会像儿时那样,陶醉在片片金黄的世界里,低头挑着自己最满意的叶子夹到书里,也算是季节变迁时给自己留作纪念的信物。

偶儿看见有过路的人,伸手就去摘取树上的叶子,我只得默不作声。只是下意识的觉得这些可怜的小生命还未来得及扬风起舞,为自己举办一场风光的葬礼就惨落猎人的手中，不免有些不平和悲凉。

同伴似乎看出了我的心迹，便说："我们虽然拾的是落下的叶子，毕竟也活生生的剥夺了它们重生的权力。五十步笑百步啊！"突然间，我醒悟过来。小心翼翼的捧起手中精挑细选的银杏叶，叶子瞬间很重，又时而变得很轻。

我忽然想起了小的时候的事。

很小的时候，我就住在外婆家，有一次吃坏了东西拉肚子，外婆找来一箩筐的银杏叶子放到铁盆里煮了起来，等水温差不多时就让我伸脚进去泡，说来也奇怪，这样泡了几次，我就不拉肚子了。

还有一次，我跟附近的几个孩子去屋后树下捡偶尔落下的果子，把捡来的白果丢进外婆身旁的土火坑里，等到焖熟了，再刨出来剥了壳，去了青皮吃，热腾腾的，那滋味真是美极了。

现在回想那儿时的岁月，原来自己在很久以前就和银杏结下了不解的情缘。

读书沙龙

永不放弃

文 / 黄忠

周末在图书馆看书，读到杰森·西瓦普的故事。他只是个普通的中学生，他不甘心平平凡凡地过一生，他的脑子中总是冒着一些稀奇古怪的念头。他注意到很多人都有一些浪漫的梦想，这些梦想在常人看来稀奇古怪，却又令人向往。17岁时，他做了一个商业策划，立志要建立一家网站，提供帮助实现任何人的合法梦想，安排人们实现自己想经历的各种新奇的旅行。

杰森开始实施自己的策划，教杰森商务的老师对他的策划印象非常深刻。这位老师把杰森的计划推荐给他的一个大学同学——硅谷的风险投资家，并让杰森参加一次会议来具体阐述他的策划。杰森是天生的推销员，他的策划吸引了投资家的注意，从而获得了投资家2500万美元的资金。

于是，杰森成立了公司，雇用了250人，并推出公司网站GetItNowPlanet.Com（意为"心想事成"），在Super Bowl上打广告。很快的，网站就有了900万人次的访问量。不久，公司筹集到第二轮资金，高盛、摩根等几家世界最大的金融公司注资1亿美元。不过一年，公司上市成功。那时他还不到19岁，身价已经超过26亿美元。杰森由此被人称为"dotcom之王"。他成了美女、媒体追逐的对象，与世界级的超级模特拍拖约会，同大量媒体接触，世界各地的杂志都刊登了他的事迹，甚至有人准备把他的传奇拍成电影。

然而不幸的是，4月股市风暴，让这位小伙子从财富天堂掉进了地狱。当他将手中3.24亿美元现金快要烧完时，投资者们开始抛弃他，这家公司的股票惨跌到2美元。公司不得不宣告破产。而美国证券委员会规定，主要股东18个月内不得转手自己手中的股票，杰森眼看着自己口袋里的钱一天天瘪下去而心急如焚，最后沦为穷光蛋。

短短的三年时间，杰森由一个普通的中学生，变成了一个亿万富翁，然后又成为一个身无分文的穷光蛋。那些曾经同他热恋的模特和像苍蝇般追逐着他的电影公司一下子全不见了踪影。

但是，虽然从天堂掉到了地狱。杰森并不放弃，他成熟了许多。杰森说："经过这些事，我终于明白了，金钱只认得金钱，它不会认得人。以前我失败的原因是，总以为金钱是认得我的。"

后来，他开始像许多公司老板那样从朋友的车库干起，经过半年的拼搏，他的努力得到了叔叔的支持。他从叔叔那里借到了钱，又注册了一个网站，还有12位伙伴加盟。虽然没有以前那么风光，但仍旧一步一步扎实地发展起来。

一个人的一生，难免经历风风雨雨。其间会有风光旖旎的春天，也可能遭遇冰雪封山的寒冬。但只要正确地认识自己，永远不放弃自己远大的抱负，即使失败，也仍旧受人尊敬。

生活的激流

——"激流三部曲"《家》《春》《秋》读后感

文 / 范开源

鲁迅说过：这世上本没有路，走得人多了，也便成了路。对此，我有些懵懂。但读完"激流三部曲"《家》《春》《秋》，我仿佛明白了它的含义。而书中也暗含着一股生活的激流，让我置身于黑暗的旧时代当中，去反抗封建制度，让生活的激流载着我行向远方！

那个黑暗的社会，害死了瑞钰，害死了梅，害死了蕙，害死了枚，害死了软弱的大哥觉新的最亲最爱的人！由一开始求学成功的辉煌，到后来指腹为婚的失望，再到处处受人欺凌的软弱，到最后不顾一切的反抗，觉新经历了一个人性的转变。

觉新曾说："我的生命也像是到了秋天，现在是飘落的时候了。""我的心已经老了，我的心境已经到了秋天了。"这近乎绝望的话语带给我阵阵悲痛。但正如二哥觉民所说，"没有一个永久的秋天，秋天或者就要过去了。"觉新已经受够了！他好像一个刽子手，由于对黑暗的封建制度的软弱，他亲手将自己的妻子、表弟等送上了"断头台"。他不甘心！不甘心就这样让自己的生命如此堕落！他反抗了，不再唯唯诺诺，从原先的软弱、无能变得坚强而不屈，对自己之前的所作所为，嗤之以鼻！正如觉民所说的，觉新的秋天，就要过去了，迎来崭新的春天！

或许三弟觉慧的做法并不是完全对，但我却是实在喜爱他的。他能在那个黑暗的年代，思想不断进步，他的行动也证明着一个新思想代表的诞生。他参加上街游行，在祖父病危之时反抗家人都同意的捉鬼术法，最后甚至无法忍耐如此肮脏混乱的大家庭而远游到上海，在那里做出自己的一番事业。这需要多么大的勇气？！试问我若生在那个年代，定不敢如此"放肆"的。他热情、开朗、勇敢、开明、嫉恶如仇……他，是那么的可爱！

　　在"激流三部曲"的所有人物中，我是最佩服二哥觉民的。他为了"利群周报"社与同样信奉新思想、自己最爱的人——琴（张蕴华），在自己家中勉强住了下去（否则他也要像觉慧那样去上海了）。他痛恨旧势力，扬善惩恶，主张新思想，与大哥觉新形成了鲜明的对比；但他也不像觉慧那样变成"不要家的新派"，他性格稳重，"该出手时就出手"，不会盲目地乱喊乱骂。他的心也是火热的，他爱琴，与琴在一起时，他的心中是充满着喜悦与兴奋的，与往常的一贯冷静截然不同，大相径庭！

　　觉慧有时过于偏激，听不进劝告，对他，我仅是喜爱；觉新又过于软弱，对他，我只有同情。而觉民，却是我最佩服的人！

　　闭上眼，书中一个个鲜活的、有血有肉的人物形象都陆续在我眼前浮现。掩卷长思，我不禁要叹息旧社会的黑暗，并赞叹那一群年轻有为的人了。他们有悲伤，也有痛苦，但他们胸中激荡的，还是先进的思想；他们心中憧憬的，还是光明的未来。正是这些人，在由爱与恨、欢乐与痛苦所交织成的生活的激流里愈行愈远！历史已见证，他们最终成为了旧社会的终结者，新社会的缔造者！他们的名字，不仅仅在我心中熠熠生辉，更会在历史的长河中永不湮灭！

花蝶戏绵雨

文 / 莫汤伊

这世间的净土深埋在文学中,而文字与心灵交汇、融合。

一处花开,一阵柔雨,一片阳光——花雨。

该说我是怀着怎样一种心情呢?些许激动、些许兴奋、些许紧张抑或是无法言表的憧憬。得知明天就要进行3分钟的演讲,赶忙准备演讲稿。怕自己的稿子太短,又担心太长了时间不够,纠结了好久才决定下来。那一刻站在台上演讲,说不紧张是假的。这算是第一次接触我们的社团,但台下一些鼓励的目光令我渐渐心安,就像一杯温开水,淡淡地、缓缓地顺着口腔进入,又涌进心头。这时候你会发现文学绝不能用"一"局限,比如名著,你会渐渐发现它所表现的远比你所知道的要深。

"纸上得来终觉浅,绝知此事要躬行",要知道,他人哪怕说的天花乱坠也比不上你自己亲身感受一番。我们所拥有的时间不算多,可心底慢慢的期待却是做不得假的。去往南京的路上也多有不平:下雨、半路车坏、换车……但最终,我们到了目的地,而前面因为突发情况浪费的时间就这样逝去了,这就导致我们本来不多的时间更加浓缩了。每一分每一秒都试着去多看一些风景,去多听一些解说。

抚摸着城墙上刻着人名的砖头,想着两军交战之际,旌旗蔽空、战鼓擂擂,将领们英姿飒爽,站在这城墙上一视敌军,纵马一声长啸,那种热血沸腾的感觉透过冰凉的指尖传递给每一个触碰过它的人,外界的凉意与内心的火热此刻如此契合。怪不得李贺说:男儿何不带吴钩,收取关山五十州!良久,缓缓回过神来。

站在台阶上,远远望着那子超楼,它呈完全对称,形状似一"森"字,而楼前林森手植那两棵雪松,刚好又是一个"林"字,一幢楼、两棵树,这意味……令人不得不赞一赞这巧妙构思。两棵百年雪松,一棵虽已睡去,但给人带来的那种感觉却依旧如此。

这是一种象征,更是一份传承——年会。每次的年会都是一种交流,我们聚在这里,不为其他,只是为了心中那份对于文学的热情,对于文字的执着,哪怕现在是青涩的,可果子总会有成熟的一天。我们提出自己的问题,而学姐也以她独特的看法为我们一一解答。而令我印象最深的便是她讲起公交车上一位老人为她让座,关爱这一离家的学子。这才又一次体会到来源于生活而又高于生活的文字魅力。

书页里的知识,讨论中的智慧,实践中的感悟,等待时间的沉淀,将会越陈越香。一如我们的社团——花蝶戏绵雨,丝丝不断绝……

残缺的完美

文 / 周欣吾桐

澄净的天空,洒满了闪烁的星星,一轮月牙儿笑意盈盈,她们以最妩媚的姿态迎接又一个唯美的夜晚。

"追求完美的我们,本身就是一种不完美,一种极端的不完美。"

书桌旁,我静静地捧着席慕容的《丰饶的园林》,一遍一遍回味着这句温情又富有哲理的经典语录,心渐渐变得澄澈空明。

回想现实,小孩们为分数为未来拼搏着,大人们为事业为功力疯狂着。大家都想追求完美,希望所有的好机缘能幸运独揽,希望人生的路上风和日丽,鸟语花香。

美玉无瑕,世界上真的有无瑕的美玉吗?

我曾看过这样一则故事:上帝和基督打赌:"我们让一个人一生非常完美,最后看他是否喜欢。"结果上帝把好运送给了一位中学生。从此这位学生的一生十分顺利和完美。当他死后进入天堂,上帝和基督问他:"你的人生很完美,你喜欢这样的人生吗?"他说:"这样的人生虽然顺利,但我不喜欢,因为它太完美了!"

人无完人,金无足赤。世界上万事万物,没有人可以预先画出精确的设计图,也没有人可以预告完美的结局。是啊,世界上本就没有完美存在,即便真有,也因为太过完美而不完美。美玉有瑕,小小的瑕疵阻挡不了它的光泽四射。

《死神》中涅茧利说:"我讨厌完美,一旦完美,就再也没有进步的余地和创造的空间,这代表智慧与才能将无用武之地了,对科学家来说,完美就是绝望……"

我不禁想到莫言,想到他昨天在瑞典演讲时那一个个感人的故事,想到他的童年他的人生经历。我想,每一位文学家、科学家或成功人士的背后,都有一段辛酸痛苦的经历,就是因为不完美的经历,铸就他们的辉煌!

所以,成长中的我们,没有必要一味追求所谓的完美,也没有必要弥补过去的不完美,因为成长需要不完美!只要做到"但使愿无违",让理想和价值达到平衡,足矣!

于是,我粲然一笑,刹那间,我深深地爱上了那弯残缺却美丽如斯的月牙儿。

有梦想，才有未来

文 / 黄宇灵

向日葵之所以跟随着太阳的旋转，是因为它相信这样的努力会让太阳会把最好的阳光和养分给它；仙人掌之所以生命力如此顽强，是因为它认为只有坚强才能生存下去；海燕之所以能在充满狂风巨浪的海面上翱翔，是因为它坚信搏击风浪才能取得胜利……究竟是什么让它们如此坚韧顽强？没错，是因为他们心中有美丽的梦想。梦想是大海里的一束航标，指引你前进的方向；梦想是沙漠里的一株绿树，带给你生的希望；梦想是天空中的一抹彩虹，给予你前进的动力……这就是梦想的力量。

我们，是国家未来的接班人，我们共同托起一个梦——那就是中国梦，中国梦是人民的梦，是国家的梦，民族的梦，是中华民族伟大的复兴梦，是炎黄子孙的强国梦。五千年多年来，中华文明从未间断。从炎黄联盟到夏、商、周，再到春秋、战国，从秦、汉、三国到唐、宋、元、明、清，再到中华人民共和国，我们都在不停地探索、不断地前进。无论是筒车、曲辕犁，还是指南针、火药、印刷术、造纸术，都反映了我国古代科技文化的发达；青铜器、玉石、青花瓷，这些古老而又美丽的文物、手工艺品更是证明了我国的文化底蕴之深厚。还有那唐诗、宋词、元曲更是我国文学史上三座绮丽的高峰，《史记》《天工开物》《水经注》更是我国传统文化的精华……

在历史的长河中，我们中华民族也曾饱经沧桑。19世纪，是我们的一段痛苦异常的记忆。两次鸦片战争、中日甲午海战、八国联军的入侵，列强们的侵略，让中国人民的身心饱受蹂躏摧残；《南京条约》《北京条约》《马关条约》《辛丑条约》，给我们烙上了屈辱的印记。从古至今，中国人民一直都在为争取自由解放而努力。不管是大泽乡起义，又或是义和团运动，还是辛亥革命都是为解放而斗争，为自由而斗争！这些都是因为追逐梦想，是梦想让他们拥有如此坚定的信念，是梦想让他们以赴死的勇气去奋斗。

毛泽东、周恩来、邓小平、邓稼先、钱学森……他们哪一个心中没有伟大的梦想，谁不是因为梦想而踏上征程。周恩来立志"为中华之崛起而读书"，他的梦想是振兴中华，他为了梦想付出了毕生的努力与心血。而今，接力棒传到了我们这一代人手中，我们要为民族的复兴而努力，为圆中国梦而奋斗！我们是炎黄子孙，是龙的传人。黄皮肤、黑眼睛、黑头发，这筑成了中华民族的好儿郎；黄河、长江在我们血液中翻滚、奔腾不息，长城、珠穆朗玛峰屹立在我们心中。无数的革命先烈和仁人志士用鲜血和生命换来了我们今天的幸福生活，天下兴亡，匹夫有责！振兴国家，复兴民族，我们责无旁贷。

中国的未来是一条发展之路，更是一条希望之路。走复兴路，圆中国梦。这个梦想离我们并不遥远，我们一直在复兴之路上前进着，我们正在接近彼岸。我们是祖国的花朵，是祖国的希望，我们应该珍惜每一天，为了实现远大的抱负，为了祖国的复兴而努力。任何艰难困苦也阻挡不了我们中华民族前进的步伐。有梦想，才有未来！看，复兴之路就在脚下，胜利的曙光就在眼前。

坚守人生的底线

文 / 毕思竺

松不惧寒风,挺拔直立,那是树的底线;山不畏暴雨,屹立不动,那是山的底线;河不因急流的旋涡而改变流向,那是河的底线。我们的人生也有需要遵守的底线。

曾经,我在陶渊明的身上看到了这一底线。"不为五斗米折腰",因为不想与世俗名利同流合污,因为不满官场的黑暗和虚与委蛇,因为不想继续欺压百姓,总之,因为想坚守自己人生的底线,他毅然归去来兮,陶醉于山水之间,种豆于南山之下,在历史的书签里,化为一朵隐逸的菊花。他是快乐的,因为它坚守了知识分子的人生底线。

曾经,我在文天祥的身上看到了这一底线。一面是地狱烈火,一面是荣华富贵,面对敌人的威胁利诱,他却是一副"我不下地狱,谁下地狱"的当仁不让的姿态,从而以自身的牺牲阐释了自己那"人生自古谁无死,留下丹心照汗青"的千古名句,将那一声声叹息永远地留驻在了零丁洋里。他同时无愧于祖先与后人,因为他坚守了民族志士的人生底线。

曾经,我在包拯的身上看到了这一底线。他廉洁奉公,对贪污受贿者嫉恶如仇。他秉公执法,不畏权贵,破了一个又一个对于做官者"不能破"的案子,为老百姓追讨利益与公道。他是开在世俗泥塘之外的一朵莲花,受到了全天下被侮辱者、受欺压者跨越时空的尊崇。他的被尊崇也是因为他坚守了人生的底线。

其实，何必求诸古人，我们生活中不也有数不胜数的平凡的人们在坚守着人生的底线？比如，那位普通得不能再普通的出租车女司机。像无数的为生计奔忙的国人一样，她上有老下有小，日子过得拮据而平淡，在等客的闲暇，她也会做着靠摸福彩一夜暴富的白日梦。可是，当她发现一百万的巨款遗落在车上时，她却没有半点据为己有的欲望，毅然将钱归还了失主，并且拒绝了一切酬谢。我要说，她简直是伟大的，因为这一人生底线的坚守对于一个为生存而挣扎的普通人来说，比对于一个为官为商者更显其不易！要知道，那百万巨款相当于她一生的劳作啊！

我曾经困惑于这个简单的事实：尽管我们有这样那样的性格缺陷，为什么我们的社会仍然井然有序？现在我知道了，那是因为我们身边有无数个默默坚守着自己底线的人，或者作为勤勉上班的工人，或者作为春耕秋耘的农民，或者作为童叟无欺的商人，或者作为廉洁奉公的官员，或者作为"春蚕到死丝方尽"的老师，或者作为拾金不昧的出租车司机……

坚守人生的底线，生命才会熠熠生辉；坚守人生的底线，我们的灵魂才会充实而丰满；坚守人生的底线，我们才会拥有一个值得为之奉献、为之高歌、值得在其中生活的美丽新社会。

假如还剩一天生命

——读《假如给我三天光明》有感

文 / 王虹

看了海伦·凯勒的《假如给我三天光明》,其书给我带来的震撼之大,至今在我心中久久回荡。海伦·凯勒,一个又聋又哑又盲的人,面对无数次打击,她仍屹立不倒,靠着坚定不移的信念和坚持不解的努力,她完成了这部令世人震撼的著作——《假如给我三天光明》!最终成为了一个受人尊敬、才华横溢的人。书中写到了海伦·凯勒试想自己得到光明的三天时的做法,令健全人也为之动容。

不知听谁所过,假如还剩一天生命,你会干什么?有人说:"反正是死,不如摆个漂亮的 Pose 静静地等死吧。"我听了之后捧腹大笑,笑完之余也在想,假如我还有一天生命,我又会做些什么呢?

假如还剩一天生命,我会把自己所有的钱捐给慈善事业,虽然只有一点点,但也算我的一片爱心吧。

假如还剩最后一天,我要去献血,或许有时候,就能救助于别人危难之时,每当看到电视里那些生离死别的场景,家人那撕心裂肺的哭声,心里就格外难受。如果还剩一天,我会把最后的时间留给爸妈,这对养育我、教导、关心我的爸妈。记得那次,因为一件小事,我跟爸爸吵架了。第二天放学,天空下起了大雨,我没带伞,想起以往下雨,爸爸都会来接我，可是这次……雨越下越大，看着周围的同学一个个的被爸妈接去，我好后悔。正当我担心地想着这雨什么时候停时，我隐约看到在氤氲的雨气中，一个熟悉的身影撑着伞正朝我的方向跑来，越来越近，越来越近，我终于看清楚了，是爸爸！他此时已跑到我身边，裤脚全湿了，几根被雨打湿的头发凌乱地披在额前。"走！"我躲进伞下，我内心百感交集，脸上湿润的不知是泪水还是雨水……在生命的最后一天，我一定要陪在爸妈身边。珍惜与家人在一起的时刻，感受着最后的温馨……

假如还剩最后一天，我会叮嘱家人，叫他们在我死后把眼角膜捐献出去。那时，虽然我不在了，但是能帮助两个盲人恢复视力，重见光明，多好啊！我这样做并不想有什么荣誉，只是一个人也许只有在面临死亡时，才可能把一切都看淡了，那就在生命的最后一天，为这个社会作出一点贡献吧！

此时的我，已经从幻想中醒过来，这样一对比，我才发现，原来生命是多么的美好！有些人的生命，是欢快的语调；有些人的生命，是悲伤的旋律。生命就如同一首曲子，弹奏着是自己，每个人的生命，都是靠自己掌握旋律，是悲是喜，由自己决定。生命的意义，就在于你对生命的态度，努力做好每一件事，生命之花才能璀璨夺目！

纸片蝴蝶·书香陪我走过的四季

文 / 沈倩

还记得那天，烈日炎炎，坐立不安焦灼等待的我听得一声清脆的门铃声"砰"地从椅子上弹了起来，打开家门——录取通知书！美丽的宁波海曙外国语学校！我的梦想实现啦！按捺着激动不已的心情，我躲进了我小小的书房，随手翻开一本封面早已泛黄的书，一页纸片蝴蝶轻轻飘飘地从书的夹缝里飞了出来，捡起来定睛凝视：

春季到来绿满堂，
夏季到来柳丝长，
秋季到来枫叶黄，
冬季到来白雪茫，
总见小小读书郎。

这是什么时候写的呢？思索着，我的视线慢慢移到了窗玻璃上，那里映出了一张明快欢欣的脸，我开始恍惚起来——

那是一个春季。我在一片春草地上嬉戏。绿色焕发着生命的色彩，暖风轻轻拂过脸颊，熏得人有些醉。草坪的对面有一家书店，"三味书屋"这四个字，仿佛一只无形的大手，拉着一个小姑娘轻轻地走向它。

书屋不大，却充满着一股浓浓的书卷气味。一个扎着羊角辫的小妹妹，文静地坐在窗边，托着腮帮子，目不转睛地看着一本图画书。小姑娘轻轻地靠近她，她察觉了，抬起头有些害羞地笑起来，露出了没有长齐的牙齿，说："姐姐，你喜欢看什么书？我看过的书可多啦，有《海的女儿》《睡美人》《灰姑娘》……我先看图画，再猜一猜文字的内容，接着去问爸爸妈妈和幼儿园老师，我十有八九能猜对呢！……"小女孩眉飞色舞地介绍着自己独特的读书方法，"长大了我要和妈妈一样，开个书店，但是专卖彩色童话书！"她小小的脸上生机勃勃，与屋外的绿色形成美好与融洽的映衬。一个原本安静带点羞怯的女孩儿可以因为书而变得如此热情开朗！甚至因为喜欢童话书而从此翻开了学习的彩色梦想！小姑娘的心一下子仿佛荡漾在满池春水里……

从此，小姑娘成了这家书屋的常客。

那是炎炎夏日里的一天。柳树姑娘在池塘边舒展着婀娜的身姿。这时，广播室里传出老师的声音："经典播种团活动马上就要开始了。请同学们赶紧到阶梯教室集合。"

第一个经典播种团的成员上台了——那是一个比课桌高不了多少的小姑娘。面对高年级的大哥哥大姐姐们，她毫不怯场地举起话筒，清脆的嗓音响起："大家好，我是来自203班的沈倩。今天，我要向大家推荐一本好书《木兰传》。巾帼不让须眉，同样能报效国家。我们要努力学习，将来也像花木兰，或者千千万万个英雄那样，成为祖国的栋梁之才……"演讲结束了，同学们被她的演讲震撼了，掌声雷动。原来，"腹有诗书气自华"，看书是可以立下胸怀祖国的少年壮志，梦想是可以和夏天一样热烈奔放的！

读书，让这个柔弱的小姑娘也有了巾帼不让须眉的豪情。

秋风起，天渐凉！金风玉露，层林尽染。落叶飞舞中，她穿着红黑格子的校服连衣裙和黑色小皮鞋，与同学们站在摄像机前表演——原来她在拍摄《长江七号》的电影啊！一段拍摄结束了，其他小朋友开始撒着欢儿嬉戏、玩乐，她却从背包里拿出了一本书，认真地读了起来，时而嘴里喃喃自语，时而望向远处细细思索……不经意间，一片落叶蝴蝶般地翩飞在小姑娘的书本上，她微微一笑，把它夹进了书的扉页……是书，让小姑娘学会在喧闹中沉静、沉淀。

冬日踏着雪花的舞步而来，银装素裹，分外妖娆。寒冬的元宵节，小姑娘得到了与央视著名主持人赵保乐老师搭档主持元宵特别节目的机会。小姑娘很紧张，剧组只给了她简单的流程，并没有具体主持稿，要即兴发挥。她当时就傻眼了。但她很快定下神来，仔细回想自己曾经读过的元宵风俗的书，最终圆满地完成了节目录制，赵保乐老师向她竖起了大拇指。而她却恬静地笑了……是书，陪伴她成长，陪伴她完成小小主持人的梦想！

"咯咯咯"，是我，笑出了声。穿过时光的隧道，我正待在自己的小房间里，凝神静思。这真是一场愉快的梦想之旅。那个在小书店里爱上读书的小姑娘，那个演讲不怯场的小姑娘，那个在拍戏空余依然不忘读书的小姑娘，那个凭着书香积淀登上央视舞台展现才华的小姑娘，就是我自己呀，就是这个正在整装待发的我呀！整理行装，整理我那满满的一架书吧，让亲爱的你们陪我在新的校园，新的成长历程中实现我更多的梦想！

我又拿出那张纸片蝴蝶，举起笔，一行文字流泻出来：

春季到来绿满堂，
夏季到来柳丝长，
秋季到来枫叶黄，
冬季到来白雪茫。
总见小小读书郎——
书香伴她同成长。

美，永不衰老的力量

——读《草房子》有感

文 / 刘佳昱

美是一种永不褪色的精神，一种永不消逝的情操，一种永不衰老的力量。

——题记

美是什么？年少懵懂的我始终不明白这个问题，直到读了这本书——《草房子》。

本书作者曹文轩是一名著名文学家，他的多部作品被翻译成日、韩、英、法等多种文字。《草房子》这部作品是其中较出色的一部。讲述了男孩桑桑刻骨铭心、终生难忘的六年小学生涯。这六年中，他亲眼目睹或亲身经历了一串看似寻常却催人泪下、动人心弦的故事：少男少女之间毫无瑕疵的纯情，不幸少年与命运作战时的悲怆与优雅……这一切既清楚又朦胧的展现在他的面前，让他接受了人生的启蒙。

这部作品从头至尾都充满了美，桑桑就是其中的一个代表。

他的调皮是一种美。

把秃鹤的帽子挂在旗杆上，却半夜被母亲拉着耳朵去和秃鹤道歉；把碗橱改造成鸽子的新家，却遭到妈妈一顿结实的打；把蚊帐做成渔网，亏他想得出，结果被妈妈摘掉了蚊帐，叮得满身都是蚊子包……他的种种表现都让母亲哭笑不得，但这也是一种美，一种深藏在童年记忆中的美，正因为有了这一串滑稽可笑的事件，才会让我们的童年更加美丽动人，难以忘怀。

他的善良是一种美。

当所有人厌烦的秦大奶奶赖在艾地里不愿走时，全校师生都向她投去厌烦、鄙视的目光时，桑桑给她送去了关怀与温暖，让一个垂垂老矣的孤寡老人，重新感受到被人关怀的快乐。有这样一种精神，无疑是一个灿烂的光环，笼罩于桑桑的四周，让桑桑更耀眼。

他的守信是一种美。

在《药寮》一章中，桑桑被诊断为不治之症，即将进入生命的倒计时。可他却想起自己曾答应妹妹带她去看城墙，他拖着病体带妹妹爬上了城墙，兑现了自己的誓言。这样的守信不是我们一般人能够做到的。

而我们呢？别说带妹妹出来玩了，连吃饭都要父母端来，病快快地躺在床上。记得那次，我得了重感冒，喷嚏是一个接一个，还稍微有一些发烧。于是我便坐在床上，左手拿着电视机遥控器，右手拿着巧克力"咯吱咯吱"地啃着。这时弟弟跑过来了，拽着我的胳膊嗲声嗲气地说："老姐，陪我下去玩赛车嘛。"我却瞪了他一眼，没好气地说："自己去广场上玩！我还病着呢！""可是，你上星期答应我今天陪我玩的！"弟弟满脸的委屈。我心里很不爽："别废话，不然以后你别想让我陪你玩！"当我现在回想起来，却很内疚，玩赛车只是手上功夫，而且我当时烧也退了，感冒也好多了，下楼晒晒太阳也好哇，更何况我曾答应过弟弟啊！

之前，天真的我总是以为美是物质上的追求，其实不是，美是一种力量，一种信念，一种思想，一种精神，一种情操。

美的力量绝不亚于思想的力量。一个再深刻的思想都可能变为常识，只有一个东西是永不衰老的，那就是美。——后记

信赖，美好的境界

——读《珍珠鸟》有感

文 / 朱佳文

"信赖，往往创造出美好的境界。"话虽短，细细琢磨，却令人回味无穷。

《珍珠鸟》这篇文章讲述的是冯骥才老师得到了一对珍珠鸟，并收获了珍珠鸟雏儿信赖的感人故事。珍珠鸟，它是一种怕人的鸟儿。然而，冯老师却凭借着自己的真心和它成为了好朋友。一回生二回熟，当他们成为好朋友时，一切都变得美好起来了。

不知大家是否听说过《立木为信》这个故事。商鞅为了树立威信、推进改革，在城南门外立了一根三丈长的木头，当众许下诺言：谁要是能把这根木头搬到北门，就能获赏黄金十两。起初，国民都认为这是开玩笑，没有一个人去试。赏金又提到了黄金五十两，终于有个人忍不住了，完成了这件简单的事。商鞅立刻如约把赏金给了那个人。于是，他得到了国民的信赖，国家也得到发展。

与之相反的是，周幽王为了博取妻子褒姒一笑，点燃了烽火，诸侯们纷纷急匆匆地赶来。褒姒看着众人被骗后的滑稽样儿，终于笑了。诸侯们这才发现这只是周幽王为了博取褒姒一笑的游戏，十分愤怒。有一次，外敌真的入侵了，周幽王又燃起烽火，诸侯们却迟迟不来，最终落了个身死国亡的下场。这个《烽火戏诸侯》的故事，一定给大家带来不少启示吧。信赖，是人与人之间必不可少的纽带。假如这个世界上没有人再相信你，你该何去何从？

  记得有一次，我发现自己的小泥人找不到了。不久后，我在表妹家玩耍时见到了一个一模一样的。我想都没想就认为是她拿我的，生气地大叫起来："你干嘛拿我的小泥人！"表妹听了，委屈地说："这是我自己的。"我才不信，大嚷道："就是你拿我的，不然这个怎么会在你家？"不管我怎么说，表妹就是不承认，我一咬牙，下定决心和她绝交！于是，我们很长一段时间都没有说话。然而，在一次大扫除中，我意外看到了滚到床底下的小泥人，这才意识到错怪了表妹。我本应该相信她的，她是我最亲密的朋友，怎么会拿我的东西呢？然而，就是这件小事，失去了对对方的信赖，也差点毁掉了我们曾经看似最牢固的姐妹情。

  以真心换取信赖，就能创造出美好的境界。信赖你我他，大家做到了吗？

劫

文 / 陈诗雨

"哥，有没有什么好看的书呀？"

"喏，《盗墓笔记》，拿去吧。"

"哦……"

还带着些稚嫩的小手接过了书。略显破旧的书皮，似用鲜血印上的书名，令人胆战。也不知道我哥是什么心理，给四年级的我看这种书，不过，也感谢他。

我带着一丝恐惧翻开了它，进入了那个尸体会活，世上有鬼的世界。在那个"比鬼怪更可怕的，是人心"的世界，似乎没有朋友，只有永远的利益。

但慢慢地，我想我找到了，找到了那些朋友。

当吴邪说："你不见了，至少我会发现"时；当张起灵说："幸好，不是我害死了你"时；当潘子在临死前高唱："小三爷呀，你大胆地向前走，不要回头"时，我想我找到了，是那种可以出生入死的朋友，我的眼泪不受控制地滑落。

再然后，我也学会了吴邪的看不透，张起灵的无所谓，胖子的没心没肺，潘子的尽忠尽义……就这样，尽管时光的轮轴不停地转动，但它依旧。

到了现在，我还是习惯把它放在枕头下，临睡时总要翻翻。夜深人静时，我在朦胧中似乎总能看到他们的影子，或多或少。

我想当我读完它时，我就注定是追随于它了，我为它的所有倾心。它的文字勾起了我对这个世界的猜测。我为这个世界所有的规则痴迷，或明或暗；我为这世界所有的秘密疯狂，或多或少；我为这世界我所不知道的惊讶，或大或小。这一切的一切我都茫然无知，但我却尝试从书中寻找答案，从《盗墓笔记》到《明朝那些事儿》，从《中国通史》到其他……它们确确实实的存在过，只是我们没注意过，但是现在我想用笔尖带出它们。那些不公，那些秘密，那些奇迹……

我想我一生都会为这个目标而奋斗，而这一切，都来自于它——《盗墓笔记》。

是我一生的劫。

书香与我共舞

文 / 张楠

　　书籍似天空，浩瀚广袤；书籍似花朵，芳香永存；书籍似灯火，璀璨无比……

　　阳光照射在了一本书上——《古诗》。我情不自禁地翻开了……

　　"黄沙百战穿金甲，不破楼兰终不还。"不知为什么，我的眼睛盯在了这句诗上，我仿佛看见了王昌龄征战沙场的壮观画面，深刻体会到了王昌龄炽热的报国雄心。

　　这是一支红色的舞！热血沸腾的红。

　　"明月楼高休独倚，酒入愁肠，化作相思泪。"范仲淹举着杯子，闻着酒香，望着那遥远的月亮，不禁泪流而下的场景，浮现在了我的脑海中。我感受到了他思乡之苦。

　　这是一支黄色的舞！思念家乡的黄。

　　"对酒当歌，人生几何！"我仿佛又跌进了一个时空隧道，体会到了曹操对时光流逝的无奈与惋惜。

　　这是一支绿色的舞！时光记忆的绿。

　　"衣带渐宽终不悔，为伊消得人憔悴。"我仿佛看见了柳永先生勤奋读书，发愤图强的画面，更让我领悟到了他不服输、坚信自我的精神。

　　这是一支青色的舞！青春向上的青。

　　"慈母手中线，游子身上衣。"我亲眼目睹了陆游远离家乡，对母亲舍不下的亲情。一个老母亲为日行千里的孩子，缝补衣物。

这是一支蓝色的舞！深似大海的蓝。

"抽刀断水水更流，举杯消愁愁更愁。"李白坐在江水边的亭子上，喝着酒的场面，浮现在了我的眼前，我理解到了他虚度光阴报国无门的痛苦。

这是一支紫色的舞！痛苦万分的紫。

"春如旧，人空瘦，泪痕红悒鲛绡透。桃花落，闲池阁。山盟虽在，锦书难托。"当我看见这几句诗时，我的泪水忍不住流了下来。我仿佛是穿越到了时光隧道，再次来到陆游的身边，体会到了陆游悲痛欲绝的心情。

这是一支灰色的舞！悲痛欲绝的灰。

"欲将心事付瑶琴。知音少，弦断有谁听？"我听见了岳飞的曲子，体会到了他缺少知音的孤寂。

这是一支白色的舞！孤独寂寞的白。

这浓浓的书香，构成了五颜六色的舞。让后人领悟到了它的情感。

朋友，书籍是一种财富，让你我与它共舞吧！

读书的感觉真好

文 / 刘佳昱

鱼儿在大海遨游,这是鱼的快乐;鸟儿在天空翱翔,这是鸟的快乐;草儿在风中摇摆,这是草的快乐;花儿在阳光下微笑,这是花的快乐;我在书海畅游,这是我的快乐。

每当春天的清晨,娇莺在枝头唱着动听的歌谣,柳条在风中摇摆,花草树木都尽情舒展出自己美丽的四肢。这时,坐在书桌前,春风透过窗子开的一条小小的缝隙进入房间,带来了春天的气息。闻着春天的气息打开《十三岁的秘密》,看着,看着,仿佛要被风吹进书里一般。

每当夏日的夜晚,夕阳收走了她最后一抹余晖,依依不舍地走了,夜之神盖上星星被子枕着月亮枕头,安然入睡。这时,把椅子搬到阳台上,打开灯。那柔和的灯光浸润四壁,一卷在握,读书的感觉便一点一点美妙起来。我喜欢在这时候听着胡夏的《爱夏》,读着百看不厌的《最美的夏天》,感受夏天的浪漫情怀,感受那个姓夏的女生是怎样在充满友谊气息的夏天变得最美的。凉爽的风,动听的音乐,好看的书,为心营造了一个完美舒适的环境。

每当秋日的上午,风中带上了一丝凉意。落地窗前的那株小树飘下了一片金黄的叶子。这时,搬上张椅子,倚着落地窗。秋日微带萧条的风,还有那温暖的太阳,投在阳台上,翻开那本已有些泛黄的《三国演义》。赏刘关张桃园三结义,观刘备三顾茅庐,看诸葛亮三气周瑜。那战火纷飞的年代，也变得别有一番情趣。

每当冬日的午后，那冻住的水管慢慢开始融化，太阳也渐渐眷顾了这个南方的小城。这时，坐在充满阳光的屋檐前，用暖暖的咖啡捂着手，捧起那本《宋词三百首》跟着李易安一起争渡争渡，叹知否知否，感受她"这次第怎一个愁字了得"的伤感，享受着千年来文化的结晶。

当蜜蜂跌入花丛时，它是最快乐的；当松鼠跌入松果堆时，它是最快乐的；当我跌入书海时，我——这个不折不扣的小书虫才是最快乐的。因为书海是让我心最舒适的地方，只有书海，才能安抚我敏感、浮躁的心。书海是属于我心的最佳位置。

读书的感觉真好！

校园文摘系列丛书征稿

阅读可以使学生增长见识，可以提高学生写作水平；阅读可以陶冶学生性情，使学生变得温文尔雅、富有修养；阅读可以给学生带来无限遐想和乐趣，给学生带来智慧源泉和精神力量；阅读可以磨炼学生意志，让学生的心灵逐渐充实、成熟。

为满足广大读者要求，中央编译出版社将继续开展"校园文摘系列丛书"征稿活动，让我们从"学生阅读"读起，从朴实无华、意蕴丰富的文字中感受阅读的魅力。

一 征文对象及内容

征稿对象为全国大中学生。可以个人投稿，也可以学校、班级或文学社团为单位组织供稿。作品的体裁、内容不作任何限制。篇幅限 1300-2500 字之间。优秀来稿将分别入选面向全国发行的"校园文摘系列丛书"。

二 征文要求

1. 文笔流畅，有真情实感，活泼新颖。
2. 投稿作品必须是本人原创，不得抄袭、套改。如涉及法律问题，由作者本人负责。

三 投稿时间

即日起至 2018 年 12 月 30 日止。

四 投稿须知

1. 投稿限发 word 文档电子稿。每人可投 3~5 篇。优秀作品可根据题材分别入选多本图书相关栏目。
2. 来稿在文末附上以下内容：文章标题、作者姓名、邮寄地址、电子信箱、电话、QQ。
3. 来稿在 90 天内未收到采用通知的作者，稿件自行处理，三个月内请勿一稿多投！
4. 所有来稿均视为作者已同意本作品选编入中央编译出版社相关图书。不同意以上约定的作者请勿来稿。

电子邮箱： cctp8299288@163.com
作者交流 QQ 群： 63601654

著名少年作家万亿新作《我在成都等你》即将与读者见面

万亿，一个16岁的少年，已出版6本小说。这位小作者似乎在继承韩寒、郭敬明等青年作家的衣钵，秉承他们对青春、对人生的一贯写作手法，将自己的感受丰富化而已。

"清晨的阳光落在他脸上，光影从额头沿着眉心迤逦向下，经过秀挺的鼻梁，微微弯起弧度的嘴唇，最后汇集到眼睛里，浓密的长睫不停震颤，为眼睑下覆上阴影，却遮不住他瞳孔里潋滟流转的光。"

一眼看去，谁会料见这出自于一位16岁孩子的手笔呢？固然，其文章的手法带有漫画性，但也正是如此，才使本书特征凸显无疑。就像电影《致青春》一般，没有什么惊世骇俗的人生哲理，就是一股清流，一首简单的青春之歌。

暗恋，执着，迷惘。这些词都被作者熟练的揉捏于青春故事中。发酵成一种芬芳！

《作文36技》学生写作必备图书

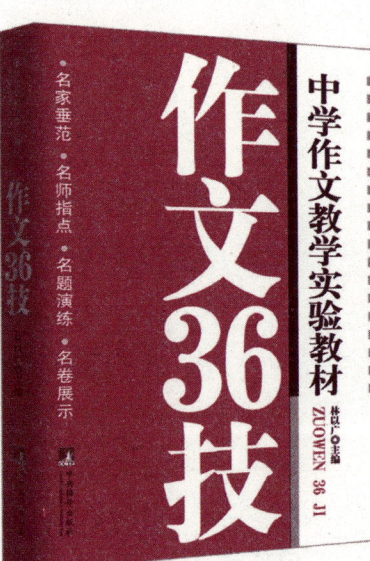

《作文36技》是一本非常受学生欢迎的图书。该书共分36个专题，每个专题都分为"名家垂范""名师指点""名题演练""名卷展示"四个板块。乍看只是总结了一些写作的技巧，细究却分明提出了一种语文教学的新思路：从阅读走向写作。

这本书的问世，填补了目前中学作文教材的一项空白！相信青少年朋友们能从这本书中获得启示，去抒写自己芬芳而绚烂的人生！教育界多位专家推荐此书！

定价：38元　全国各地新华书店有售

书　名:《超脱考试做领袖》
作　者: 陈济安
定　价: 30元

　　郭传杰、冯恩洪、毕诚等著名教育家认为:《超脱考试做领袖》一书非常适合大中学生、教师、家长和有志青年阅读参考,称此书是一部不可多得的励志佳作。
　　该书是一部"教人识道用器,学会学习,少有相似,独创一帜"的原创佳作。

《创新中国教育》教你如何考上国际名校

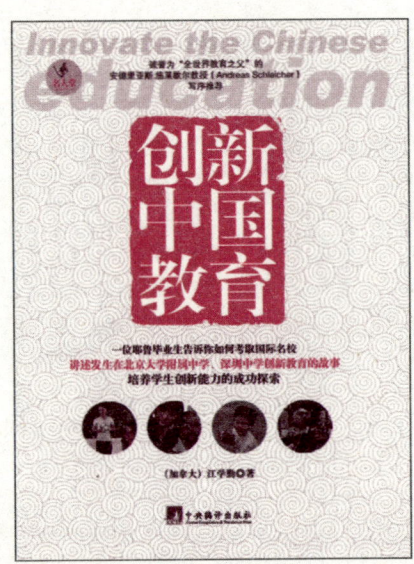

一位耶鲁毕业生教你如何考上国际名校

讲述发生在北京大学附属中学、深圳中学创新教育的故事

培养学生创能力的成功探索

本书以通俗易懂的语言、严谨的结构，记述了作者在中国教育改革之路的成功和失败，目的在于让中国的家长、老师、学生以及更多关注中国教育的人们明白，在当今的中国为什么改革如此重要，以及它是如何一步一步成为现实的。本书对改变学生学习方法、推进中国教育改革具有非常重要的参考价值。

被誉为"全世界教育之父"的安德里亚斯·施莱歇尔教授（Andreas Schleicher）如此评价《创新中国教育》：

"在中国，给予我最深刻印象的是北京大学附属中学的国际部。相信《创新中国教育》这本书的读者，能通过书中的亲身经历，了解到他们是如何进行实践并达到目标的。在探索未知世界的同时，北京大学附属中学也将世界带入了中国，为中国的下一代，将纯粹复制学科内容的教育改革为培养学生实际生活能力的教育；将为国家服务的教育转变成为全球与当地社区服务的公民教育；将为考试而竞争的教育转向加强学生能力培养的教育；将情景价值观的教育——我将做现实环境允许做的事情——更新为可持续价值观的教育。相信这样的教育将能帮助中国的下一代更好地进行协调适应——带着无限的可持续性，将一个失衡的世界归于平衡与和谐。"

定价：39元　　当当网、京东网、卓越及各地新华书店有售